I0680170

CORRESPONDANCE INÉDITE

DES

CINQ ÉTUDIANTS MARTYRS

BRULÉS A LYON EN 1553

RETROUVÉE DANS LA BIBLIOTHÈQUE DE VADIAN, A ST-GALL

ET SUIVIE

D'UN CANTIQUE

ATTRIBUÉ A PIERRE BERGIER

GENÈVE
ÉMILE BEROUD, LIBRAIRE-ÉDITEUR

LYON   PARIS

PARIS, LIBRAIRE   CH. MEYRUEIS ET Cⁱᵉ
R. 26, RUE NEUVE.   ET GRASSART, LIBR.

1854

CORRESPONDANCE INÉDITE

DES

CINQ ÉTUDIANTS MARTYRS

BRULÉS A LYON EN 1553

RETROUVÉE DANS LA BIBLIOTHÈQUE DE VADIAN, A ST-GALL

ET SUIVIE

D'UN CANTIQUE

ATTRIBUÉ A PIERRE BERGIER

1854

GENÈVE

EMILE BEROUD, LIBRAIRE

RUE DE LA CITÉ

—

1854

GENÈVE. — IMPRIMERIE DE F. RAMBOZ ET COMPᶦᵉ

LETTRES ET JOURNAL

DES CINQ ÉTUDIANTS

D'APRÈS LES DOCUMENTS INÉDITS DE LA BIBLIOTHÈQUE DE VADIAN
A SAINT-GALL [1].

Un intérêt profond s'attache à ceux dont les convictions fortes, aux prises avec la douleur et la mort, ont su triompher de l'une et de l'autre. De telles luttes trouvent un écho dans nos cœurs parce qu'elles ne font que reproduire, sous une forme plus saisissante, ce qui se passe en nous, entre la vérité de Dieu telle qu'elle s'impose à notre nature, et cette nature faible et déchue. Tout est combat dans la vie du chrétien. La foi, qui est la prise de possession de Dieu même, n'a achevé son œuvre que lorsque notre sanctification est accomplie; or la vieille nature résiste jusqu'à la fin, en

---

[1] Il y a à St-Gall deux bibliothèques publiques : 1º la bibliothèque du couvent, célèbre dans le monde entier par ses précieux manuscrits; elle appartient maintenant à l'administration catholique du canton; 2º la bibliothèque de la ville fondée à l'époque de la réformation, plus connue sous le nom de bibliothèque de Vadian, soit que le bourguemestre Vadian l'ait fondée, soit qu'il l'ait seulement accrue en lui léguant ses livres.

sorte que chaque progrès est une sanglante victoire dans laquelle le fidèle a renoncé résolûment
à tous les attraits trompeurs du péché, pour s'attacher uniquement à la vérité divine. L'opposition
n'est pas seulement intérieure. A mesure que le
péché diminue de force au dedans, il cherche au
dehors des appuis qui suppléent à ses pertes; il
suscite contre le fidèle toute la puissance dont il
dispose: les procès, les comparutions, les priva-
tions, la mort. Mais avec ces terreurs il ne peut
avoir raison de l'âme qui a pris Dieu pour son refuge. La vérité se glorifie en ceux qui souffrent
pour elle; elle les remplit, jusque dans le sein
de la mort, de consolation, de paix, de ravisse-
ments, de triomphe; elle confond les adversaires
en mettant dans la bouche de ses enfants des paroles de vie éternelle, qui retentissent à travers les
siècles pour l'édification du peuple de Dieu.

L'un des plus nobles martyres dont les annales
de l'Eglise fassent mention, est certainement celui
de ces cinq étudiants de l'Académie de Lausanne :
Martial Alba, de Montauban; Pierre Escrivain, de
Boulogne; Bernard Seguin, de la Réôle; Charles
Faure, de Blanzac et Pierre Navihères, de Limoges,
qui, dans le seizième siècle, scellèrent de leur
vie la confession du nom de Christ. Le libraire français, réfugié à Genève, Jean Crespin, reçut une impression si vive de leur constance, qu'en publiant
leurs lettres, il conçut l'idée de son *Histoire des M ar-*

tyrs, que la cruauté des ennemis de l'Evangile, et surtout celle des rois de France, devait rendre si volumineuse. Nous renvoyons à cet auteur pour les détails que nous ne donnerons pas, ou aux abrégés récemment publiés par MM. Bonifas-Guizot [1] et Guers [2]. Il est utile, dans les temps où nous sommes, de retremper sa foi dans de tels modèles, et de se préparer, par l'exemple d'une telle fidélité, à une lutte qui, d'un instant à l'autre, devient plus sérieuse. Le lecteur chrétien trouvera dans cette correspondance une paix, une assurance, une joie qui relèveront son courage et fortifieront sa résistance contre le péché. Nous serions heureux de contribuer à ce résultat par le supplément qu'il nous est permis d'ajouter au récit de Crespin. Ce sont quelques lettres conservées à la bibliothèque de Vadian. à St-Gall, auxquelles nous ajoutons les détails nécessaires à leur intelligence [3].

---

[1] Galerie chrétienne, 2 vol.

[2] Epoques de l'Eglise de Lyon; fragment de l'histoire de l'Eglise de Jésus-Christ. Lyon, 1847.

[3] Cette correspondance est précédée de l'indication suivante écrite par quelqu'un qui connaissait le prix de tels documents: In anno 1552 den 4 May seind zu Lyon in Frankreich gfenglich einzogen worden um der wahren Religion willen 6 Studenten so zu Losanna gstudirt haten mit namen Martialis Alba, Pierre Escrivain, Bernhard Seguin, Charles Faure, Pierre Navihères, Louis Corbeil. Solche seind hernach den 16en May 1553 mit feur verbrennt worden mit grosser ihrer Standhaftigkeit, und hierinnen seind etliche ihrer Briefe so sie aus dem gfangnuss alher geschrieben an Herrn Hans Linerz und was ihrenswegen an dem Künig Heinrich den 2 ist geschrieben worden sind ger trostreiche Sache und wohl würdig festbehalten und gelesen zu werden. Sind vongemelten herrn Liner bisher gebene

Ces cinq jeunes hommes avaient terminé leurs études à l'académie de Lausanne, avec les secours que Berne accordait aux élèves indigents ou peu fortunés. Ce n'était pas sans regret que l'on pouvait quitter des hommes aussi éminents que Viret et Théodore de Bèze, dont la parole aimable et facile gagnait le cœur d'une jeunesse empressée de marcher sur leurs traces; une vive affection rattachait les *escholiers* à ces maîtres, que deux d'entre eux avaient d'ailleurs servi en particulier, et à la terre hospitalière qui les avait accueillis.

Ils se rendaient en France, résolus d'y consacrer leurs forces à la prédication de l'Evangile. Les temps étaient difficiles; la persécution, déjà cruelle sous François Ier, avait pris sous son fils Henri II, un caractère encore plus alarmant; elle atteignait surtout le commun peuple; elle était sans pitié pour ceux qu'une vocation extraordinaire faisait sortir des rangs les plus humbles pour les placer à la tête de troupeaux dont la position était aussi précaire et environnée de périls que celle des pasteurs eux-mêmes. C'est le beau temps des Eglises de France. Leur foi brille à la lueur des bûchers d'un éclat tout apostolique, sans mélange des éléments divers

---

worden in die bibliothek der Stadt S.-Gallen. Es ist auch hierinnen ein Briefe von Johannis Calvin so er hat geschriben diesen gfangenen wegen. —

Il y a ici une erreur relativement à Corbeil, emprisonné à une époque antérieure à celle indiquée, et qui fut délivré.

qui vinrent bientôt en ternir la pureté. Dans de telles circonstances, le ministère ne pouvait qu'être
rendu à son caractère véritable. C'était un ministère
de prière, de parole sortie du feu de l'action, de
dévouement jusqu'à la mort, sans perspective ter-
restre d'aucune de ces choses qui peuvent rendre
les plus grands sacrifices supportables à la chair.
Les étudiants s'étaient préparés à leur œuvre par
des études solides, par cette discipline qui donnait
à l'esprit la clarté, la précision, au caractère la jus-
tesse, la vigueur, le noble élan, traits distinctifs de
la réforme française. Ils se comportèrent si bien,
qu'à leur départ l'Eglise de Lausanne les munit de
recommandations. Ces jeunes hommes n'ignoraient
pas quel genre de luttes les attendait. L'édit de Cha-
teaubriand avait paru et s'exécutait avec sévérité
contre les adhérents des opinions nouvelles. Trois
mois avant leur départ, un Français, maître d'école
à Cortaillod, où il allait devenir ministre, avait été
saisi à Mâcon et brûlé à Bourg-en-Bresse, malgré
les réclamations des seigneurs de Berne. Aucun des
étudiants ne pouvait s'attendre à plus d'égards,
mais leur résolution était prise, ils y furent fidèles.

Leur projet était de se rendre ensemble à Lyon,
pour de là se diriger dans leurs contrées respectives,
et y annoncer cet Evangile qui excitait tant de tem-
pêtes parce que tant de cœurs lui étaient ouverts.
Ils partirent et rencontrèrent non loin de Genève,
à Collonges, un Lyonnais avec lequel ils chemi-

1.

nèrent jusqu'à Lyon. Ils n'y furent pas plutôt arrivés que, se trouvant dans la maison de leur
compagnon de route, qui les avait invités à venir
le voir, ils furent saisis. « Or, dit Pierre Escrivain,
« comme nous étions tous à table, voici entrer le
« *Prévôt de M. de Lyon* avec son lieutenant, accom-
« pagné de quinze ou vingt sergents. Il nous de-
« manda d'où nous venions, et de quelle vocation
« nous étions ; à quoi l'un de mes compagnons ré-
« pondit : Nous sommes écoliers et nous venons des
« Allemagnes. Dès qu'il eut entendu cette réponse,
« il nous constitua prisonniers de par le Roi, avec
« l'hôte de la maison qui nous avait conviés, et
« nous fit incontinent attacher deux à deux, crai-
« gnant, voire et tremblant devant nous. Or, pen-
« dant qu'on nous attachait, nous nous fîmes signe
« et nous parlâmes les uns aux autres en latin,
« nous exhortant à confesser fidèlement le nom de
« Christ. Toutefois on nous mena aux prisons de
« Monsieur de Lyon ; nous y fûmes séparés les uns
« des autres étant mis chacun en un *grotton* (ca-
« chot) et nous y demeurâmes gémissant et priant
« Dieu qu'il lui plût de nous consoler et de nous
« fortifier par son Esprit, pour confesser son saint
« nom avec toute hardiesse devant nos adver-
« saires. »

Interrogés sur leur foi, ils répondirent avec sim-
plicité et modestie, et avec cette franchise qui ne
se démentira point, parce qu'elle a accepté sa

position comme venant de Dieu même. Le procès fut conduit avec rapidité et négligence, comme pour des gens voués d'avance à la mort, et dont la vie a peu de valeur. Après quelques comparutions et le dépôt de leur confession qu'ils écrivirent à la hâte, chacun en particulier, on les appela, le 13 de mai, au parquet de l'official, qui les déclara coupables d'hérésie et les livra au juge séculier. «Nous savons bien, Monsieur, répon- « dit Pierre Escrivain, que nous ne sommes pas « tombés entre vos mains à l'aventure, mais par la « providence de Dieu. Vous êtes aussi ordonné de « Dieu pour être juge de notre cause: c'est pour- « quoi regardez maintenant comment vous juge- « rez. Car si vous jugez mal, il y a un autre juge « au-dessus de vous qui en connaîtra et jugera se- « lon l'équité. Il faudra que vous veniez quelque « jour devant sa face pour ouïr sentence contre « vous, si vous condamnez sa sainte Parole.» Ces paroles retentirent comme la foudre dans l'âme de l'official; il se promenait pâle et tremblant. « Quand je lui présentais le jugement de Dieu, il « ne disait rien et il ne savait comment sortir de « devant moi. Le Seigneur foudroyait sur sa tête « et me faisait parler d'un zèle et d'une hardiesse « plus grande que je n'en eus jamais.» — Les étu- diants en appelèrent au Roi comme d'abus; leur exécution fut renvoyée.

C'est à ce retard que nous devons de posséder

un monument digne d'être comparé à ce que l'antiquité chétienne nous offre de plus beau. Il est sans doute des dévoûments tout aussi remarquables; en un certain sens, l'héroïsme comme le sublime n'admet pas de degrés; mais il nous touche de plus près, nous l'admirons mieux quand nous pouvons comme ici le contempler dans sa résolution que rien n'ébranle ni le temps, ni les menaces, ni les promesses, ni les affections du cœur, et le retrouver dans la pleine possession de lui-même et joyeux au milieu de douleurs que la jeunesse, la générosité naturelle du caractère et la distinction de l'esprit rendent encore plus émouvantes.

Ces cinq étudiants ne sont pas les seuls confesseurs de la vérité sur lesquels les documents que nous avons entre les mains jettent quelque lumière. Trois jours après leur emprisonnement, un pâtissier, originaire de France, mais qui avait acquis la bourgeoisie de Genève où il s'était enfui, Pierre Bergier, fut saisi et partagea leur sort. Un second compagnon de captivité, sur lequel nous avons très-peu de données, les avait précédés; c'était Loys Corbeil, comme eux *escholier de Messieurs de Berne*. Il paraît avoir été originaire du Pays-de-Vaud, circonstance à laquelle il dut sans doute sa délivrance, et qui explique pourquoi il ne se joignit pas à toutes les démarches de ses compagnons.

Le Seigneur, qui appelait ces sept témoins à le glorifier d'une manière si admirable, ne tarda pas à leur faire connaître qu'en les éprouvant il se souvenait d'eux. Il y avait alors à Lyon des négociants suisses, qui faisaient le commerce de toiles. Ils étaient la plupart de St-Gall et comment n'auraient-ils pas été des amis de l'Evangile ? La réformation de St-Gall avait eu le caractère d'un vrai réveil religieux ; elle ne s'était point faite par le moyen du clergé : des bourgeois, des magistrats, des hommes de Dieu, sans autre titre que leur science et leur piété, s'étaient mis à la tête de l'œuvre. Le plus distingué d'entre eux fut Jean Kessler, dont on connaît la singulière entrevue avec Luther[1]. A peine revenu de l'Université et déjà mûr pour son ministère, il se mit à prêcher dans les maisons particulières et dans les salles des tribus. Il fit une impression d'autant plus vive qu'il n'avait reçu aucune ordination. Le peuple l'écouta et le suivit avec un entraînement qui ne fut pas toujours exempt d'écarts. Ce fut de ces assemblées libres que sortit la réformation saint-galloise, elle se développa avec rapidité dans les environs. St-Gall prit fait et cause pour l'Evangile ; mais bientôt le désastre de Cappel (1531) vint abattre les cœurs. L'abbé expulsé, dépouillé de sa souveraineté, rentra dans le couvent désert et dans ses droits temporels. Les contrées circonvoisines de

[1] Racontée par M. Merle d'Aubigné dans son *Histoire de la Réformation*, tome III, page 88, d'après le récit de Kessler lui-même dans ses *Sabbatha*.

St-Gall, depuis Wyl à Rorschach, qui formaient le
domaine particulier de l'abbé, durent, l'une après
l'autre, rétablir les autels abattus. Le Toggen-
bourg lui-même, qui avait acheté son indépen-
dance, dut plier sous la crosse abbatiale. Les réformés de ces contrées, abandonnés par les Cantons, n'avaient de recours qu'à St-Gall, qui, dans
son infortune et son isolement, trouvait encore de
quoi secourir ses frères malheureux. St-Gall avait
perdu en importance politique, mais la foi de ses
fils avait grandi dans l'épreuve et donnait aux cou-
rages un nouvel élan. Les citoyens étaient protestants si fidèles qu'ils eussent donné leur vie plutôt
que de s'asseoir à la table de l'abbé, et, comme il
arrive souvent, la prospérité matérielle avait suivi
la fidélité chrétienne. Le commerce de toiles blan-
ches et peintes, qui datait à St-Gall du concile de
Constance, s'était étendu. La ville ne pouvait suf-
fire aux demandes qui lui étaient adressées de
Hongrie, d'Italie et de France. En France, Lyon
était le débouché principal. Je ne saurais dire avec
certitude si la colonie suisse de Lyon, composée
essentiellement de St-Gallois, et qui subsista jusqu'à la révolution, était déjà constituée au milieu
du seizième siècle. Quoi qu'il en soit, nous trouvons à Lyon, à l'époque du procès des étudiants
de Lausanne, des marchands de St-Gall dévoués à
l'Evangile, en un moment où cette cause exposait
la tête de ses défenseurs. Dès qu'ils eurent con-

naissance de l'emprisonnement de ces jeunes hommes, ils portèrent un vif intérêt à leur sort. L'un d'entre eux surtout, Jean Lyner, montra dans cette affaire une charité digne du Dieu qu'il servait dans ceux qui portaient son opprobre. Nous ne connaissons de lui que ce qu'en disent occasionnellement des lettres cachées pendant trois cents années dans les rayons d'une bibliothèque peu explorée. Son zèle ne chercha point les regards et ne les attira point. Si de tels hommes eussent vécu de nos jours, nul doute que la publicité, en donnant de l'éclat à leurs démarches, n'eût illustré leur nom. Nous avons perdu de la sorte beaucoup d'hommes qui de nos jours seraient célèbres ; nous ne le regrettons point. Le silence dans lequel se meut leur activité, nous permet d'apprécier d'autant mieux la solidité de leur foi et l'humilité de leur vie, et ne rend que plus agréable la surprise qui nous les fait rencontrer sur notre chemin.

Lyner s'était immédiatement adressé à Berne, le canton réformé dont l'importance politique était la plus grande : « Nosseigneurs, leur mande-t-il en un style dont la couleur germanique est évidente, « suivant le bon vouloir et zèle qu'il a « pleu à Dieu par sa providence, le tout par le « moyen du Sauveur et Rédempteur Jésus-Christ « fait régnant en Trinité réserver pour la conser- « vation et protection de son Eglise et Chrestiens « serrez par sa providence en toutes les parties

« du monde, puys qu'il vous a pleu regarder par
« de ça, je vous advertis que quant aux captifs dé-
« tenus misérablement quant au monde, mais heu-
« reusement quant à Dieu au climat de Lyon, nostre
« Seigneur Jésus-Christ pour tousjours augmenter
« sa foy les réservant pour en aultres lieux conti-
« nuer leur confession et démonstrer les tortures
« a son bien (sic)....... Partant, s'il vous plaist, ne
« laissez de faire les poursuites telles que devez
« car par ce moyen les princes et seigneurs de la
« Court de France seront toujours informez de
« plus en plus de la vraye confession que soustenez
« et avez et que les dicts soustiennent et tiennent
« ce qu'il faut tenir et soustenir attendant l'advè-
« nement et jugement du grand juge par lequel
« seront desniez ceux qui l'auront desnié devant
« les hommes... Il est certain que non-seulement
« les prisonniers n'ont de quoy faire poursuite,
« mais qui plus est de quoy avoir vivres....

Berne considérait comme siens ces jeunes hommes, qui avaient étudié dans son Académie, elle
n'eut pas plutôt reçu la nouvelle de leur emprisonnement qu'elle écrivit à Lyner une lettre dont nous
donnons ici la traduction :

« A l'honorable Jean Lyner, bourgeois de St-Gall,
« notre cher et bon ami à Lyon.

« Honorable, sage, cher et bon ami. Nous avons
« appris comment il y a quelques jours les nom-

« més Martial Alba, Loys Corbeil, Pierre Escri-
« vain, Charles Faure, Pierre Navihères et Bernard
« Seguin, qui ont étudié dans notre ville de Lau-
« sanne, et dont plusieurs l'ont fait à nos dépens
« (*unsere stipendiaten*) ont été emprisonnés à Lyon.
« Nous avons décidé d'écrire au Roi et de n'épar-
« gner ni frais, ni peine, ni travail pour leur déli-
« vrance, mais au contraire d'y mettre la plus sé-
« rieuse sollicitude. Nous désirons aussi que de
« notre part et en notre nom vous leur fassiez tout
« le bien possible, que vous les ayez pour recom-
« mandés et que vous fassiez en sorte qu'en prison
« ils ne souffrent ni de faim, ni de soif. Vous nous
« rendrez par là un service agréable que nous se-
« rons prêts à récompenser.

    « Ce 10 juin 1552.

            « L'avoyer et ville de Berne. »

Lyner se rendit à la prison. Les comptes presque
indéchiffrables du geôlier nous disent le résultat
de cette visite, en même temps qu'ils nous tracent
un itinéraire de la détention. « Et ce voyant le
« sire Jehan Linard (Lyner) qu'ils estoient mal
« traitez, prya messeigneurs les officiaux et vi-
« caire général de Monseigneur Révérendissime
« Cardinal de Tournon archevesque de Lyon, leurs
« juges qu'ilz fussent mis plus au large lequel au-
« roit accordé avecques le geôlier des dictes pri-
« sons de leur bailler une chambre pour les mettre

« ensemble tant les susnommez que pour M. Loys
« Corbeil qui de longtemps estoit prisonnier, pour
« chacun desquels auroit promis payer un soulz
« par jour tant pour ladicte chambre que pour
« aultres services qui leur seroient faictz par ledict
« geôlier et ses gens, tellement qu'ils auroient de-
« meuré en ladicte chambre jusques au neuviesme
« Juillet au dict an que furent menez au chasteau
« de Pierre-Size. Auquel lieu ils demeurèrent jus-
« qu'au vingt quatriesme dudict moys de Juillet
« que furent ramenez esdictes prisons ordinaires
« là où ilz auroient demeuré jusques au dernier jour
« de Febvrier que furent menez aux prisons de
« Roannes, prisons royalles, »

Une situation aussi poignante aurait absorbé les
pensées de gens moins courageux, mais elle ne
put troubler le calme dont jouissaient les étudiants, elle ne fit qu'augmenter leur zèle. Jamais
ministre de Christ n'employa mieux son temps que
ne le firent ces sept prisonniers. On leur avait in-
terdit de s'édifier dans leur cachot par le chant des
psaumes, qui venaient d'être publiés avec la musique de Claude Goudimel; ils y suppléèrent par
d'autres exercices. Chaque jour avant de se cou-
cher, celui d'entre eux qui devait faire la prière
invitait les autres à bien examiner si dans la journée qui venait de s'écouler, ils n'avaient rien dit
ou fait qui pût offenser leurs frères. C'est dans ces

dispositions qu'ils écrivent aux réformateurs, à
leurs amis, aux Eglises, ces lettres que l'on peut
lire dans Crespin. Nous ne pouvons résister au plaisir d'en citer quelques passages, pour donner à nos
lecteurs le désir d'en connaître encore plus. Une
cause n'est-elle pas suffisamment justifiée, quand
ses défenseurs peuvent tenir, au milieu des priva-
tions et des liens qu'ils endurent pour elle et en
vue d'une mort presque certaine, un langage tel que
celui-ci : « Certes j'ai eu de grandes consolations,
« dit Escrivain, depuis que notre bon Dieu m'a
« appelé à la connaissance de sa sainte Parole et
« mêmement cependant que j'ai demeuré en la
« sainte assemblée des fidèles à Genève et à Lau-
« sanne : mais la moindre joie et consolation que
« j'eus pour lors et ai encore journellement en ma
« captivité surmonte toutes les joies, consolations
« et plaisirs que jamais j'ai eus en ce monde. Car le
« St-Esprit me réduisit en mémoire tant de bel-
« les promesses que Jésus-Christ fait à ceux qui
« souffrent pour son nom et me fait goûter les joies
« du paradis : tu es maintenant, dit-il, en ces lieux
« obscurs, ô bienheureuse créature, rejeté de tout
« le monde comme un maudit et malheureux,
« pour maintenir la querelle du Fils de Dieu : tu
« as grande tristesse et pleurs maintenant, mais
« c'est le temps que tu te dois réjouir en Dieu, con-
« sidérant le bien et honneur qu'il te fait ; regar-
« dant à cette couronne d'immortalité qui t'est

« préparée là haut au ciel en la fin de la bataille.
« Que si tu es mené aux tourments en grande
« honte et déshonneur, ô bienheureux fidèle, ré-
« jouis-toi, car devant Dieu et les anges il t'est fait
« plus d'honneur que si tu es Roi, empereur et mo-
« narque de tout le monde. Oh que Satan nous a
« donné de grands assauts, quand il nous a présenté
« d'un côté les biens, les richesses et honneurs de ce
« monde, de l'autre l'angoisse et la tristesse que nos
« pauvres parents ont pour nous, et la grande joie
« qu'ils auraient de notre délivrance ! Mais ce bon
« Dieu nous a tellement assistés, que vraiment
« quand ces choses ont été et sont encore mises
« devant nos yeux, notre pauvre esprit gémit et
« pleure, non pas désirant la délivrance de ce corps
« ou regrettant les plaisirs de ce monde, non pas
« regardant à la misère de nos pauvres parents,
« mais à la gloire de Dieu, mais à la cause que nous
« maintenons, mais à la triomphante résurrection,
« en laquelle couronnés de gloire et d'immortalité,
« nous vivrons là haut, au ciel éternellement avec no-
« tre Dieu. Hélas, très-chers frères et sœurs, nous
« sommes maintenant rejetés de toutes parts et esti-
« més comme l'ordure et la balayure du monde.
« Nous ne voyons devant nos yeux que confusion,
« cruels tourments, et l'horrible face de la mort ;
« nous mourons tous les jours et à toutes heures,
« pour notre Seigneur Jésus, et pour l'espérance que
« nous avons en lui : toutefois, nous ne perdons

« point courage, et nous ne nous troublons point :
« mais étant assurés de l'amour que notre bon
« Dieu nous porte, étant environnés de ses ailes,
« et cachés sous les plaies de Jésus-Christ, nous
« défions toute la rage du monde et du diable ;
« nous nous réjouissons d'une joie incompréhen-
« sible, et nous attendons, en grand désir et repos
« de conscience, cette bienheureuse journée, en
« laquelle notre Seigneur apparaîtra, pour nous
« recueillir en son royaume céleste, auquel nous
« vivrons et régnerons avec lui.

« N'avons-nous donc pas grande matière à nous
« réjouir, et à nous glorifier en la croix de notre
« Seigneur Jésus, puisque notre bon Dieu nous fait
« tant de bien et d'honneur que de nous recevoir
« au nombre de ses martyrs, nous qui ne sommes
« que de pauvres vers de terre et de nous retirer
« de ce val de misère, pour nous emmener en son
« royaume éternel ? Oui, vraiment ! oui, certes,
« très-chers frères et sœurs, nous sentons une telle
« consolation et joie en notre cœur, nous sentons
« une telle douceur en la croix et aux épines de
« Jésus-Christ, qu'à bon droit pouvons-nous dire
« avec le saint apôtre : « Jamais n'advienne que je
« me glorifie ailleurs qu'en la croix de Christ, par
« lequel le monde m'est crucifié et moi au monde. »
« Oh ! si nous pouvions comprendre les grands tré-
« sors, richesses et bénédictions célestes que Dieu

« communique à ceux qui souffrent aux prisons
« de l'Antechrist, pour maintenir sa Parole.

   « La gloire de l'Esprit de Dieu nous environne et
« remplit nos poures cœurs de joie et liesse iné-
« narrable laquelle nous élève par-dessus tous les
« cieux et nous fait maintenant glorifier aux por-
« tes de la mort en l'espérance de la vie éternelle
« et de la couronne d'immortalité [1]. »

   Ces citations sont de Pierre Escrivain, « jeune
homme d'un esprit vif à qui le Seigneur donna bouche magnifique à laquelle les ennemis de la vérité
n'ont pu résister. » Les lettres de ses compagnons
ne sont pas moins édifiantes. Pierre Navihères cor-
respondit principalement avec ses parents ; il avait
suivi malgré eux le parti de l'Evangile ; outre les
persécutions qui lui étaient communes avec les
autres, il eut encore à lutter contre la tendresse et
la poursuite des siens. Son oncle se rendit même à
Lyon, pour l'engager à se rétracter, mais ce jeune
homme demeura victorieux, « surmontant en la
vertu du Saint-Esprit toutes tentations et alléche-
ments humains. »

   Les prisonniers rédigèrent, chacun en particulier, la confession de foi qu'ils avaient faite devant
leurs juges et qu'ils désiraient publier, afin que
chacun pût connaître la justice de leur cause. Ces
documents sont de vraies confessions, un témoi-

---

[1] Dans Crespin.

gnage rendu à la vérité en opposition à l'erreur.
Aucun principe n'est diminué, aucune phrase n'est
adoucie. Tout est dit en termes expressifs avec
une audace, une vigueur d'allures qui ne pouvait
que provoquer l'admiration ou la colère. Calvin,
prié par l'un d'eux de revoir la confession qu'il
avait faite, pour en marquer les parties défectueu-
ses, jugea convenable de laisser à cette œuvre son
cachet d'originalité. « J'ai été bien aise de la voir, »
dit Calvin, « pour en être édifié ; mais je n'y ai
« voulu ajouter ne diminuer un seul mot, pen-
« sant que ce qui aurait été changé, ne ferait que
« diminuer l'autorité et efficace que l'on voit clai-
« rement être venue de l'Esprit de Dieu [1]. » Les
étudiants reçurent cependant de leur maître, Pierre
Viret, quelques considérations sur le sujet difficile
du baptême. Ils les envoyèrent en signe de reconnaissance à l'un de ces marchands qui les assis-
taient :

« A nostre très honoré Seigneur Sire Georges
« Aulbrecht.

« La paix et grâce de nostre bon Dieu soyt sur
« vous et vostre noble famille.
« Très-honoré Seigneur, nous lisons en l'Evan-
« gile, les serviteurs qui avoyent receu les talents
« de leur maistre avoir esté estimé fidèles, d'autant

[1] Dans Crespin.

« qu'ilz les avoyent faicts profiter et valoir au dou-
« ble. Au contraire celuy qui cacha et fouit le ta-
« lent qu'il avoit receu en terre fut repris. Or
« comme cecy s'entend des dons et grâces qu'on a
« receu de Dieu, aussi se peut il prendre de quel-
« cunque chose que ce soyt de laquelle il faut par-
« venir quelque profit et utilité au prochain. Et
« d'autant que le profit qui parvient à l'âme est
« plus à priser et à estimer que nul autre ; ceux
« aussi qui le peuvent faire d'autant doyvent ilz estre
« plus sougneux et diligentz à mettre en avant un
« tel talent afin qu'il ne porte seulement profit à
« eux, mais aussi aux aultres. Parquoy, Monsieur,
« puisque ces jours passez nous avons receu quel-
« que escript sur la matière du Baptesme fait par
« monsieur Viret qui est digne d'estre leu diligem-
« ment nous le vous envoyons estimant que ce
« vous sera aultant agréable qu'aultre chose que
« vous sçaurions point envoyer. Certes c'est un
« talent qui ne doibt pas estre caché, ains comme
« il est venu d'un bon et fidèle serviteur de Dieu
« lequel après l'avoir fait ne l'a muré, doibt estre
« mis en avant afin qu'il profite et porte fruit non
« seulement à nous qui l'avons receu, mais à tous
« ceux qui ont la gloire de Dieu en recommanda-
« tion et sa crainte devant les yeux. Au nombre
« desquels nous sçavons qu'estes que mesme l'avez
« bien donné à cognoistre en soulageant autant
« qu'en vous a esté possible ceux qui souffrent

« pour la Parole, comme encore de faire ne doub-
« tons que ne soyez prestz lorsque la commodité se
« présentera. Or pour toute récompense, nous n'a-
« vons aultre chose que de prier Celuy auquel et
« vous et nous servons, qu'il luy plaise envoyer sa
« bénédiction sur vous et toute vostre famille la
« conduisant et gouvernant par son Esprit, afin
« qu'elle soyt un exemple de toute saincte et
« bonne vie au milieu de ceux qui n'ont cogneu
« Dieu comme vous et de ceux aussi qui l'ont co-
« gneu et servent fidèlement.

« Vos humbles et petits serviteurs prisonniers. »

Nous voyons à plusieurs reprises dans cette correspondance se manifester la sollicitude des étudiants pour les personnes qui leur faisaient du
bien. La pensée des désagréments qu'elles peuvent
avoir à subir à cause de leur générosité, est pour
les prisonniers un surcroît de peines. Le billet suivant adressé à Jean Lyner est touchant sous ce
rapport :

« Monsʳ. Encores que nous sçachions bien que
« vous estes maintenant tant empesché qu'il n'est
« possible l'estre davantaige, toutes fois pour au-
« tant que nous sommes aussi bien asseurez que
« Dieu vous a tellement touché le cueur que tres
« voluntiers vous vous employez en tout ce qui
« vous est possible pour faire plaisir à ung chas-
« cung, pour ceste cause nous n'avons point craint

« vous escrire la présente par laquelle affectueu-
« sement nous vous prions pour l'honneur de Dieu
« qu'il vous plaise avoir mémoire des coffres de
« notre sœur....... [1] laquelle certainement nous a
« fait beaucoup de bien et de plaisir. Et pour ce
« que maintenant la pouvre femme s'est retirée à
« Genève et qu'à raison de l'hyver elle a grande-
« ment à faire de ses besongnes, Derechef humble-
« ment vous supplions que selon vostre prudence,
« il vous plaise prendre la peine de les envoyer
« seurement. Ce faisant obligerez de plus en plus
« la pouvre femme et nous aussi à prier Dieu pour
« vous. Et ce que le port coustera elle satisfera en
« tout par delà.

    « Vos humbles frères et serviteurs prisonniers. »

La Parole de Dieu tirait une force nouvelle de
ces entraves par lesquelles on pensait la retenir;
les âmes étaient édifiées par ces liens mieux qu'elles
ne l'eussent été par une parole prêchée sans opposition. « Il fera de notre mort, dit Pierre Escrivain,
« comme celle de Samson lequel en tua plus en sa
« mort qu'en sa vie. C'est ainsi que déjà nous en
« faisous l'expérience : car plusieurs papistes nous
« viennent consoler et exhorter à la patience, re-
« connaissant le grand tort qu'on nous fait; et même
« on nous dit que plusieurs personnes aveugles en

---

[1] Il nous a été impossible de déchiffrer le nom de cette sœur.

« la ville sont grandement émues de la mort et des
« tourments que nos ennemis nous préparent. [1] »

— Les étudiants ne se contentèrent pas de ce ministère indirect. S'oubliant eux-mêmes et ne s'oc-
cupant de leur délivrance que juste ce qu'il faut
pour ne pas être accusés de négliger les moyens
que Dieu met à leur portée, ils travaillent en prison
à la conversion, à la consolation des âmes. Ils
profitent des moyens de communication dont ils
peuvent disposer pour faire parvenir à d'autres qui
souffrent comme eux pour la cause de l'Evangile
des secours temporels, tribut levé sur leur pau-
vreté, et les encouragements qui les fortifient eux-
mêmes. « O pauvres fidèles et martyrs, qui êtes
« dans des prisons horribles, là où jour et nuit vous
« pleurez, voyant la désolation et perdition du pau-
« vre monde, et le nom de Dieu blasphémé ! Là où
« bien souvent vous êtes en angoisses cruelles,
« étant assaillis de cette chair malheureuse et de
« ce lion rugissant, de cet adversaire qui nous cher-
« che pour nous dévorer et de l'horrible face de
« la mort qui se présente bien souvent devant
« vous ! O nous tous, enfants de Dieu, élus de toute
« éternité pour avoir la vie éternelle, contemplons
« les richesses incompréhensibles et inestimables
« qui nous sont préparées ; contemplons notre

[1] Dans Crespin.

« grand héritage immortel et incorruptible, notre
« vie, notre gloire et joie infinie qui nous fut réser-
« vée avant la constitution du monde. Jetons les
« yeux de notre foi sur ce grand abîme de gloire
« et d'immortalité [1].

Dieu se plait à glorifier la puissance de son Evangile dans la faiblesse de ses serviteurs. Jésus sur la
croix distribue encore des couronnes, il arrache
une âme au royaume de celui qui pensait le vain-
cre, et l'introduit triomphante dans la bienheureuse
éternité. Ce fait, qui s'est renouvelé toutes les fois
que l'Eglise s'est trouvée en tribulation, s'accom-
plit à Lyon d'une manière frappante. Deux frères
accusés d'avoir volé chez un marchand de la ville
une pièce de velours, devinrent l'un et l'autre
d'admirables monuments de la grâce. L'un d'eux,
Jean Chambon, le seul qui fût coupable, blasphé-
mait Dieu dans sa prison et donnait toutes les mar-
ques de désespoir dont un homme sans principes
peut être capable. Mais lorsque Pierre Bergier par
ses conversations et les cinq étudiants par leurs
lettres lui eurent annoncé l'amour éternel du Père
et les souffrances expiatoires du Fils, cet homme,
qui ne supportait auparavant ses justes peines
qu'avec une révolte toute semblable à celle des ré-
prouvés, fut tellement changé qu'il ne se lassait
plus d'écouter la Parole de la rémission des offen-

[1] Dans Crespin.

ses et de se réjouir en ce Sauveur qui l'avait *lavé de ses péchés en son sang*. Dès lors ce fut un homme nouveau ; on le vit souffrir tous ses maux avec patience, il édifiait les autres prisonniers par sa résignation, par sa douceur, par l'humilité de son repentir. Jean Chambon fut brisé sur la roue le 14 janvier 1553, et l'exemple de sa constance ne fortifia pas peu ceux qui allaient bientôt subir un supplice tout aussi cruel, quoique pour une cause bien différente.

Les étudiants eurent d'abord quelque espérance : ils pouvaient penser que la voix de Berne serait entendue. Henri II avait plusieurs motifs pour ne pas indisposer les Suisses : il venait de conclure avec eux une alliance dont Zurich et Berne n'avaient à la vérité pas voulu, mais à laquelle s'étaient joints d'autres cantons évangéliques. Son ambassadeur, Sébastien de l'Aubespine, abbé de Bassefontaine, soutenait de fréquents rapports avec les réformés, dont il s'était quelquefois rapproché dans des vues politiques. En 1548, la Suisse pour cimenter son amitié avec la France accepta d'être marraine d'une des filles du roi. Tout concourait donc à rendre efficace l'intervention de Berne. Le procès des étudiants avait eu en Suisse un grand retentissement, les officiers au service de France firent de généreuses démarches. « Vos liens, écrit Calvin, ont été « renommés et le bruit en a été répandu partout ;

« les enfants de Dieu prient pour vous comme ils
« y sont tenus.» A St-Gall, où la parole de Kessler
animait tout, l'intérêt fut général; on recueillit
des dons pour les pauvres captifs qui bientôt après
remercièrent en ces termes :

« A nos très chers frères à Saint Gal.

« La grâce et paix de nostre bon Dieu et Père
« céleste par Jesus Christ son fils nostre Seigneur
« et la vertu du Saint Esprit soit à jamais avec vous.
« Ainsi soit-il.

« Très chers frères en Jésus Christ, combien que
« nous vous soyons tous incognus de face, comme
« vous l'estes aussi à nous, et que nous n'ayons ja-
« mais ouy parler les uns des autres, sinon par le
« rapport de nostre bon seigneur et très cher amy
« le sieur Jehan Liner, vostre parent [1], touteffoys
« le témoignage de vostre bon vouloir envers nous,
« que vous avez monstré par ce qu'il vous a pleu
« nous envoyer par iceluy nous a donné hardiesse,
« voire nous a incitéz grandement à vous remercier
« par letres et vous testifier que comme vous nous
« avez envoyé ce présent amiable de très bon
« cueur, nous le recevons pareillement pour tel,
« n'ayant tant esgard à la grandeur ou petitesse du-
« dit présent (combien qu'iceluy soit tres ample et
« tres honorable) qu'à la bonne et chrestienne

---

[1] Concitoyen.

« affection de laquelle il a procédé. A cause de quoy
« nous remercions nostre bon Dieu de ce que l'a-
« mitié que vous nous portez ne provient d'aucune
« telle chose de laquelle celle des mondains a ac-
« coustumé de prendre son commencement et ori-
« gine, mais seulement de la vraye cognoissance
« d'un mesme Dieu et Sauveur par Jésus-Christ,
« fils bien aimé du Père céleste, pour la gloire du-
« quel d'autant que vous avez entendu que nous
« sommes emprisonnéz dès longtemps estant des-
« tinéz à la mort laquelle attendons de jour en
« jour, vous avez voulu montrer évidemment la
« compassion qu'avez de nos afflictions et le désir
« qui est en vous de maintenir en vostre endroit
« aux lieux où vous estes l'honneur de celuy pour
« lequel nous sommes captifs. Par quoy nous le
« prions puisqu'il vous a donné dès longtemps sa
« saincte cognoissance et que mesme pour celle
« vous avez desjà beaucoup enduré (comme nous
« l'avons entendu par le susdit bon seigneur) qu'il
« luy plaise vous faire persévérer tout le cours de
« vostre vie à glorifier son sainct nom par vostre
« bonne conversation. Car vous sçavez trop mieux
« que nous que ce n'est rien de commencer, si on
« ne demeure constant et ferme jusqu'à la fin. Et
« pour ce que vous avez l'honneur de Dieu en si
« grande estime et que nous souffrons seulement
« pour iceluy, nous vous prions qu'il vous plaise
« avoir tousjours souvenance de nous en vos priè-

« res, comme nous avons de vous aux nostres. Car
« certes nous en avons plus grand besoing que ja-
« mais. Nous vous escririons quant à l'assistance
« que ce bon personnage vostre parent nous a faicte
« et la peine qu'il a prinse pour nous, si nous ne
« pensions que vous en pouvez avoir été advertis
« longtems ja; pour le moins nous pouvons dire
« devant Dieu et testifier devant les hommes qu'il
« a faict pour nous autant ou plus que nos propres
« pères n'eussent peu ou voulu faire. Dieu par sa
« grâce luy rende le bien qu'il nous a distribué par
« le moyen d'iceluy. De quoy nous le prirons tant
« qu'il nous tiendra en vie. Iceluy par sa miséri-
« corde vous vueille faire profiter de plus en plus
« en sa cognoissance pour servir à son honneur e
« gloire jusqu'à la fin de vos jours, qu'il vous rece-
« vra en son royaume céleste. Ayez nous, s'il vous
« plaist, pour recommandez à vos bonnes grâces
« et priez Dieu de vostre costé (comme vous avons
« desjà supplié) qu'il nous face persévérer en la
« confession de son Sainct nom jusqu'au dernier
« soupir de nostre vie. Des prisons de Lion ce III de
« Décembre 1552.

« Vos très chers frères en Jésus-Christ et très
« humbles serviteurs prisonniers et captifs pour la
« confession du nom de Dieu. »

Marcial ALBA.   Loys CORBEIL.
Pierre ESCRIVAIN.   Charles FAURE.
Pierre NAVIHÈRES.   Bernard SEGUIN.

Lyner qui voyait la haine des ennemis de l'Evangile s'accroître et leurs intrigues devenir de jour en jour plus puissantes, jugea nécessaire de se rendre lui-même en Suisse pour recommander avec plus d'instance la cause de ses protégés [1]. Ce fut peut-être au moment de son départ qu'il reçut cette lettre :

« A nostre bon seigneur et fidèle amy
« Le sire Jehan Liner.

« Grâce et paix vous soit multipliée par Jésus Christ.

« Monsgr. Combien que nous sçavons très bien
« les grandes charges et affaires que vous avez tous
« les jours, toutes fois nous ne craignons point
« vous emploier à nos affaires estans bien asseurez
« que l'avez à gré parce que la cause pour laquelle
« nous endurons et pour laquelle nous avez faict et
« faictes tant de biens est juste et saincte et n'est
« point tant nostre comme elle est à Dieu. Considérez donc, Monseignr, qu'en cet endroit vous

---

[1] Il était probablement chargé d'une mission semblable pour d'autres prisonniers, comme on le voit par le billet suivant que l'on peut présumer lui avoir été remis à son départ et qui se trouve parmi nos documents : « Mémoire au Sr Jehan Leyner, « demander à Mosr de Savoye pour la délivrance de Ms François « Brisso de Cony lequel est au chateau de Thurin retenu pour la « religion.
« Ms Claude Lani.
« Claude cot (?) de vigone qual ha quatro figlioli et una « figliola da maritare et qual il principe gli ha confiscati susi « beni per causa della religione.

« avez servi et servez a Jésus Christ qui pleinement
« vous en rendra salaire. Or donc puisque jusqu'à
« présent tant fidellement sans vous fascher, vous
« a pleu solliciter pour nous, nous vous envoyons
« letres lesquelles il vous plaira regarder. Puis si
« selon vostre jugement elles sont bien, les faire
« tenir à Berne en quoy faisant serons obligez de
« plus en plus à prier le Créateur qui vous veille
« conduire et adresser en tous vos affaires à son
« honneur et gloire. Qui sera l'endroit, Monseig.r
« et bon amy, auquel affectueusement à vostre
« bonne grâce nous recommandons, ensemble à
« messeign.s vos maistres. Daventage nous en-
« voyons letres pour Monseig.r Bullinger et autres
« ministres de Zuric, espèrons puis en envoyer à
« St-Gal.

« Par à jamais l'entièrement vos humbles servi-
« teurs et amys les escholiez de Messieurs de
« Berne. »

Lyner absent, les étudiants lui transmettaient le
cours des événements en même temps qu'ils le
pressaient d'agir.

« A nostre bon seigneur et tres cher amy
« Le sire Jehan Liner à Sainct Gal.

« Grâce et paix par Jesus Christ vous soit à ja-
« mais multipliée. Monseigneur. Si jamais nous
« avons cogneu estre vray ce qu'on dit communé-

« ment, c'est à ceste heure que nous le cognois-
« sons : asçavoir que bon droict a bon mestier
« d'ayde. Car combien que la cause pour laquelle
« nous endurons soit tant juste et véritable que
« nous avons le meilleur droict du monde, comme
« tres bien sçavez : toutes foys n'eust esté l'ayde
« et faveur de Messieurs de Berne et de nos amys,
« du nombre desquels vous estes. Il y a longtemps
« que nonobstant nostre bon droict eussions esté
« livrez à mort. Que si le plaisir de Dieu eust esté
« tel, nous eussions esté très contentz et sommes
« prestz toutes et quantes foys qu'il luy plaira la
« recevoir en gré : estans bien asseurez qu'en
« mourant pour maintenir telle querelle, nous se-
« rons très heureux. Or pour autant que jusques
« à présent il a pleu à Dieu nous maintenir, nous
« garder et préserver de la malice de nos enne-
« mys et qu'il vous présente des moyens servans
« à défendre nostre bon droict, voilà pourquoy
« aussi nous les suivons comme venant de luy.
« Et pource, Monseignr, qu'en vostre département
« de Lion, vous nous advertistes, qu'il serait bien
« propre d'escrire à Monsieur de Bassefontäine,
« ambassadeur en Suysse pour le Roy, nous escri-
« vons non seulement audict ambassadeur mais
« aussi à Messieurs Bulingre et ministres de Zu-
« rich. Car aussi gens de bien par de ça, entendans
« que vous nous aviez donné ce conseil, l'ont
« trouvé bien bon. Par ainsi nous vous addressons

« noz letres par lesquelles captivans dès le com-
« mencement la bénévolence de Monseign^r l'am-
« bassadeur, briefvement lui exposons, comment
« en passant par Lion sans avoir rien faict contre
« les édicts du Roy, fusmes arrestéz, puis par l'offi-
« cial interrogéz, et comment le Roy à la faveur de
« Messieurs de Berne a accordé nostre relasche.
« Au moyen de quoy sur la fin le prions, selon
« qu'il a grand crédit et authorité, que pour l'hon-
« neur de Dieu, il luy plaise nous ayder. En quoy
« faisant, fera chose plaisante à Dieu et à messieurs
« des Ligues maintenans l'Evangile. Quant à mes-
« sieurs les ministres de Zurich, nous leur signi-
« fions qu'ayans entendu comme iceluy ambassa-
« deur est homme de sçavoir et qu'il a délibéré se
« tenir à Bade, afin de quelquefoys aller à Zurich :
« qu'il leur plaise, puisqu'il sera prez d'eux luy
« recommander nostre affaire, et faire qu'il escrive
« au lieutenant de Lion et à l'official, leur signi-
« fiant, comment pardelà aura esté requis de la
« partie de Messieurs des Ligues, leur escrire qu'en
« ensuivant le bon vouloir du Roy, qui entend que
« soyous relaschéz, ils se donnent garde d'aucu-
« nement nous attoucher, ny faire autre fasche-
« rie, veu qu'il n'est pas temps de fascher les
« Suysses ou autres semblables propos, que vous
« adviserez estre bons pour leur faire escrire.
« Voilà, Monseign^r, briefvement et en substance
« ce qu'escrivons par delà. Il vous plaira donc avoir

« mémoire du tout, comme aussi sommes très cer-
« tains que vous aurez et que ferez beaucoup plus
« davantage que ne vous sçaurons prier. Car des-
« puis qu'il a pleu à Dieu vous toucher le cueur de
« vous employer pour nous poures estrangers,
« nous avons cogneu vostre diligence estre si
« grande que n'en pourriez plus avoir faict pour
« vous-mesmes. Mais puisque ce n'a point tant esté
« pour nous, comme pour la cause de Dieu iceluy
« recognoistra aussi les peines et les labeurs qu'a-
« vez prins et vous récompensera abondamment.
« Quant à nous, tant qu'il plaira à ce bon Dieu nous
« laisser en vie, nous aurons mémoire de vous en
« toutes nos oraisons. Au reste touchant nostre
« affaire, Monseign vostre maistre, le syre Léonard
« nous sollicite diligemment et a prins peine de
« présenter au lieutenant la supplication que luy
« laissastes. Mais c'est tout un. Ilz sont et luy et
« l'official comme ilz ont de coustume. Par quoy
« nous avons fait noz despesches pour envoyer à
« Paris ; que si par ce moyen Dieu ne nous ayde,
« nous espérons que ce sera par d'autres comme
« par ce que fera le sire Jacques [1] à la Court ou
« ou bien par le moyen de Monsieur de Bassefon-
« taine et aussi par la diligence que ferez pour
« nous par delà, de sorte qu'à vostre retour nous
« confions que nous apporterez bonnes et joyeuses

[1] Probablement Jacques Ramsperger, dont il sera parlé plus loin.

« nouvelles. Cependant nous prions et prierons le
« Seigneur Tout Puissant qu'en vous conduisant
« et adressant en toutes voz affaires et en toutes
« voz entreprises, il vous donne accomplinssement
« de ce que sainctement désirez. Sur quoy nous
« tous tres humblement nous recommandons à
« vostre bonne grâce, ensemble à Messieurs vos
« maistres à messieurs les ministres et à ces bonnez
« dames voz parentes. Des prisons de Lion, ce VIII
« de Décembre 1552 par

> « Voz tres humbles et obeyssans serviteurs
> « les prisonniers pour la Parole de Dieu,
> Martial ALBA.   Loys CORBEIL.
> Pierre ESCRIVAIN.   Charles FAURE.
> Bernard SEGUIN.   Pierre NAVIHÈRES.

« Le syre Artus se recommande bien fort à vous
« et s'employe pour nous autant que jamais, comme
« aussi nous en avons besoing. »

Berne, pressée par le généreux Lyner, avait renouvelé ses instances; la lettre qu'elle écrivit au
roi ne se trouve pas à Saint-Gall; voici la réponse
évasive qu'elle reçut de lui :

« A nos tres chers et grands amys, alliéz, confé-
   « déréz et bons compères, les advoyer, Con-
   « seil et communaulté de Berne.

« Henry, par la grâce de Dieu Roy de France,

« très chers et grands amys, alliéz, confédéréz et
« bons compères. Nous avons receu les lettres que
« vous avez escriptes en faveur de certains esco-
« liers qui sont arrestéz prisonniers à Lyon. Et
« pource que nous n'avons point encore entendu
« quels sont les cas dont ils sont chargéz, nous
« avons escript audict Lyon pour en sçavoir la
« vérité et cependant ordonné aux gens de nostre
« Court de Parlement à Parys qu'ils ayent à vuider
« promptement certaine appellation comme d'abus
« que les dicts escoliers ont interjectée en nostre
« dicte Court. Cependant pour ne retarder plus
« longuement ce dict pourteur, nous avons advisé
« le vous renvoyer, vous ayant bien voulu par luy
« advertir de ce que dessus et que après avoir en-
« tendu les charges desdicts prisonniers, nous les
« aurons pour l'amour de vous pour recommandéz
« et sur ce, très chers et grands amys, alliéz, confé-
« déréz et bons compères, nous prions Dieu qu'il
« vous ayt en saincte et digne garde. Escript à St-
« Germain en Laye. Le xxe jour de Febvrier 1553.

HENRY.   BOURDIN.

Mais déjà le sort des prisonniers était décidé. —

« On avait enfermé les martyrs dans la salle où l'on
« avait coutume de donner la torture, et peu de
« jours après, on les fit comparaître publiquement,
« pour leur prononcer l'arrêt de la Cour du Parle-

« ment de Paris, qui était arrivé le dernier jour de
« février 1553, et qui rejetait leur appel.» (¹)

Ici commence pour les étudiants une nouvelle et
dernière péripétie que la haine des ennemis de l'E-
vangile et la perfidie du cardinal de Tournon devaient
rendre fatale. Le cardinal François de Tournon
jouissait dans les cours de France et de Rome d'une
influence acquise par de nombreux services. Ami
des bonnes lettres, comme François I⁻ʳ, son protec-
teur, il fut encore plus que ce prince l'ennemi ir-
réconciliable des réformés qu'il poursuivit dans
son diocèse de Lyon de la manière la plus cruelle.
Nous le trouvons plus tard présider le colloque de
Poissy, en sa qualité de primat de France et de doyen
du collège des cardinaux, y montrant encore une
fureur que les ans n'avaient point apaisée. « Reve-
« nant d'Italie et passant par les terres des sei-
« gneurs de Berne, il avait promis d'aider à la déli-
« vrance de leurs étudiants. Mais se voyant au lieu
« où il désirait être, il n'eût pas plutôt appris que le
« roi inclinait à la clémence, qu'il fit tous ses efforts
« pour le détourner de cette volonté» (²). L'exécution semblait prochaine. Déjà le peuple s'était
réuni en foule sur la place de la Grenette et des
Terreaux, lorsque arriva un héraut de messieurs
de Berne, porteur des deux lettres suivantes, qui
amenèrent un nouveau délai.

¹ Dans Crespin.
² Idem.

«Aux nobles et magnifiques Seigneurs, Lieu-
  « tenant et Conseil de Lyon.

« Nobles et magnifiques seigneurs ; Nous ne doub-
« tons point que ne soiés bien informez de l'affaire
« des six escoliers longuement détenus es prisons
« de l'archevesché et de tout ce que cy devant
« avons escript pour leur délivrance tant à la royale
« Majesté que aux Srs cardinal de Thournon, offi-
« cial de Lyon et dernièrement au président et par-
« lement de Paris par message expres sur les-
« quelles requestes en parthie avons receuz res-
« ponces ains de la dicte Majesté et dudict parle-
« ment nulles. Ains au lieu de ce sommes advertiz
« que les Seigneurs dudict Parlement de Paris
« ayent remis lesdicts prisonniers devant vous pour
« en deffinitivement juger. A ceste cause vous
« tres affectueusement prions que soit de vostre bon
« playsir non procéder audict affaire, ains y super-
« séder jusques à ce que de la dicte Royale Ma-
« jesté aussy dudict Parlement de Paris ayons receu
« responces. Lesquelles espérons seront en con-
« templation de noz bons services aussy de la bon-
« ne affection que pourtons à sa dicte Majesté à
« nostre contentement. Et ne doublons point que
« en ce fassiés contre la volonté de sadicte Majesté,
« ains aussi à nous tres agréable playsir à déser-
« vir, Dieu aydaut. Lequel prions vous donner en
« santé bonne et longue vie. Donné ce II mars 1553.

«L'advoyer et conseil de Berne.»

« Au révérendissime et très honoré Seigneur,
« Monsgr. le cardinal de Thournon, archevesque
« de Lyon.

« Révérendissime et très honoré Seigneur. Vos-
« tre responce que nous faites par voz lettres don-
« nées à Rossilion XXIX de janvier sur les nostres
« du XVIIᵉ dudict moys, touchant les VI escoliers
« longuement retenus prisonniers en voz prysons
« avons bien entendu de laquelle nous contentons
« et vous mercions grandement, nous offrant là où
« à vostre révérence sérénissime pourronz faire
« playsir et services aggreables estre tout prests.
« Et quant à ce que en vostre dicte lettre faictes
« mention que Monsʳ l'ambassadeur du Roy, le
« seigneur de Bassefontaine vous ayt escript tou-
« chant ladicte affaire et que lui en ferés le discours
« tout au long pour nous en advertir comme vous
« tenez pour affaire qu'il aurait faict, vous signif-
« fions que dudict Sʳ ambassadeur n'en avons re-
« ceuz aulcung advertissement, ains au lieu de ce
« sommes advertys, comment les Seigneurs du
« Parlement de Paris lesdicts six prisonniers ayent
« remis à la justice ordinaire de Lyon. A ceste
« cause, vostre Révérendissime Seigneurie tres af-
« fectueusement comme cy devant prions que soit
« de votre bénigne grâce en contemplation des
« bons services qu'avez faict à la Royalle Majesté,
« et de faire sommes enclins de pourvoir que con-

« tre lesdicts prisonniers ne soit procédez ains su-
« percédez jusqu'à ce que de ladicte Majesté ayons
« receuz responce. En ce nous ferés grand plaisir
« à déservir, Dieu aydant, lequel prions vous don-
« ner prospérite.

   « Donné ce II de mars 1553.

       « L'advoyer et conseil de Berne.»

Le supplice ne fut que retardé. Que pouvaient de
pauvres étudiants contre les colères déchaînées
envers eux, en un moment où les esprits frappés
n'avaient pas eu le temps de mieux voir ce qu'é-
tait, ce que voulait la réforme? Après Dieu, il ne
leur restait que Berne, et comme en leur qualité
d'étudiants ils avaient joui à Lausanne du droit de
cité, ils se réclamèrent de la puissante république, ils se dirent ses sujets. La légalité d'un tel recours serait aujourd'hui contestable, mais les conditions de naturalisation n'étaient pas alors ce
qu'elles sont devenues, et d'ailleurs nous ne pouvons douter que les étudiants ne vissent là un
moyen que Dieu leur offrait pour sortir honora-
blement de leurs peines. Nos documents renfer-
ment trois requêtes dans ce sens adressées *aux Sei-*
gneurs tenant la cour et siége présidial pour le Roi à
Lyon ; elles ne portent pas la signature de Corbeil,
dont la bourgeoisie n'était l'objet d'aucun doute.
Nous citons d'abord quelques fragments de la première de ces requêtes.

« Combien que la court nous ayt déclarés non
« véritables appelans comme d'abus, si est ce
« qu'elle n'a voulu entendre que nous soyons pri-
« vez d'estre renvoyés par devant nosdits sei-
« gneurs de Berne, ains l'a entendu et l'entend.
« Car elle ne dit point que l'on perdra contre nous
« à nous faire et parfaire nostre procez, mais seu-
« lement nous déclare non véritables appelans.
« Partant nous remonstrons que combien que nous
« soyons extraicts de France, que touteffois nous
« sommes des subjects de Messieurs de Berne, il y
« a longtemps et avons esté entretenus aux estudes
« à leurs despens comme le sommes encore de pré-
« sent. Et ainsi avons toujours dict. Ajoutons qu'a-
« vons esté prins passant chemin. Partant est cer-
« tain que nous ne sommes vos justiciables veu
« mesmement que n'avons faict aucun trouble en
« la république. Davantage vous remonstrons ou-
« tre ce que le roi a consenti spécialement à nostre
« renvoy et eslargissement à la requeste desdicts
« seigneurs de Berne et qu'il en a escrit lettres spé-
« ciales à Monsr Tignac lieutenant pour le Roy. Et
« partant requérons estre renvoyez par devant
« nosdicts seigneurs de Berne.... Et n'y fait rien ce
« que nous avons respondu par devant les officiaux.
« Car ce a esté comme contraints et parce qu'il
« nous est commandé par Jésus Christ et nosdicts
« seigneurs de Berne de rendre raison de nostre
« foy à tous ceux qui nous en requièrent. Et n'est

« chose nouvelle, ains coutumière qu'un Suysse ou
« Allemand puisse estre demeurant et bourgeois
« de France, voire un Espagnol ou d'autre nation.
« Et cela on le voit tous les jours. Et qui plus est
« les priviléges de Messieurs de Berne et de leurs
« subjects sont de pouvoir aller et traffiquer par-
« tout le royaume de France, pourveu que l'on ne
« fasse point sédition et tumulte populaires. Parquoy
« ne faut trouver estrange si l'on nous a trouvés
« passans. Et par ainsi, tout ainsi que les seigneurs
« de Berne ne vouldraient détenir un prestre en
« leurs prisons, combien qu'il souffrist la foy que
« l'on tient icy, aussi remonstrons que par plus forte
« raison, l'on ne nous doit détenir. Parquoy persis-
« tons en nostre renvoy..... Et de faire autrement
« que de nous renvoyer ce serait mettre zizanie
« et donner occasion à nosdicts seigneurs de Berne
« de faire le semblable aux gens passans par leur
« pays terres et seigneuries, parce que c'est en par-
« tie les condamner et leur foy, ce que le Roy ne
« trouva jamais bon, ains punissable mesmement
« à présent qu'il s'ayde d'eux et de leurs dicts sub-
« jects lesquels il veut partout conserver et non
« exterminer. »

La troisième requête renferme d'intéressants détails ; nous la donnons en entier :

« A très honorés Seigneurs, les Seigneurs tenant la
  « court et siége présidial pour le Roy à Lyon.

« Nous, Pierre Navihéres, Bernard Seguin, Char-
« les Faure, Martial Alba, Pierre Escrivain, escho-
« liers des seigneurs de Berne, vous remonstrons
« que bien que nous soyons natifs de France, que
« toutefoys nous sommes subjects des seigneurs de
« Berne entretenus à leurs despens puys longtemps
« en ça et si cela est permis tant de droit que de
« coustume que l'on se puisse faire habitant et
« subjects de pays estrange, que de fait il y a
« plusieurs Suysses et Allemans habitaus et sub-
« jects du Royaume de France, partant disons qu'il
« est facile à veoir que ce n'est qu'une couleur que
« l'on prétend, veu que l'on ne laisse point de tenir
« en prison Loys Corbeil qui y est desjà despuys
« xxi mois et bien qu'il ne soyt natif de France et
« que respondant, il n'ayt jamais recogneu les offi-
« ciaux pour juges, ains ait tousjours demandé son
« renvoy pardevant nos seigneurs de Berne des-
« quels il est subject comme nous. Par cela on voit
« qu'on procède contre nous par une hayne qu'on
« a conçue non seulement contre nous mais aussy
« contre nos seigneurs de Berne desquels nous
« sommes escholiers et subjects d'autant qu'on ne
« nous peut damner qu'on ne damne quant et quant
« nosdicts seigneurs et leur foy et religion et que
« par cela est démontrée assez évidemment la
« mauvaise affection qu'on a contre eux et contre
« plusieurs aultres seigneurs des Suysses qui tien-
« nent mesme loy qu'eux lesquels si on pouvoit,

« comme on le donne assez à entendre, on vou-
« droit punir ne plus ne moins qu'on tasche à nous
« faire. Ce qui est dutout contre le vouloir du Roy
« qui ne condamne aucunement leur Loy, mais
« plustost les tient pour ses alliéz et grans amis.
« Davantage quand mesme on produiroit lettres
« expresses du Roy pour procéder contre nous, il
« est vraysemblable qu'elles ont esté obtenues
« soubs faux donner à entendre et sont obreptices
« et subreptices, que il est certain que l'arrest a esté
« obtenu par ce moyen. Car l'ambassadeur mesme
« nommé Sr Jacques Ramsperger nous l'assure que
« nos adverses parties escrivent en parlement que
« nous avions esté prestres et qu'avions fait esmo-
« tion populaire ou voulu faire ou envoyez pour ce
« faire. Toutes lesquelles choses sont fausses et
« par ce moyen plus facilement obtiendront l'arrest
« contre nous joint aussi qu'il ne fut aucunement
« permis au procureur de parler pour nous, mais
« on lui ravit le sac lequel despuys s'est évanoui
« sans qu'on l'aye jamais peu recouvrer et lui im-
« posa on dutout silence ce qui n'eust esté faict en
« la cause du plus grand brigand du monde non pas
« d'un Juif mesme ou Turc. Par ainsi l'injustice
« qu'on nous a faicte jusques icy et qu'on tasche
« encore de nous faire est manifeste. Car il n'est
« aucunement vraysemblable que puisque le Roy
« a dès longtemps accordé nostre eslargissement à
« la requeste de nos seigneurs de Berne et mesme

« a commandé à Monsieur son Lieutenant en ceste
« ville de nous eslargire comme lesdicts seigneurs
« en font foy par leurs lettres envoyées au Roy
« auxquelles ils redduisent tout cela en mémoyre,
« ainsi que ledict seigneur lieutenant et Monsr
« l'official l'ont peu veoyr par lettres receues de la
« part des dicts seigneurs de Berne qu'à ceste foys
« se voullust contrarier et fausser sa promesse. Ou
« bien s'il a commandé de procéder contre nous
« que, ça esté pource qu'on lui a donné faux à en-
« tendre. Parquoy de toutes les lettres qu'on pour-
« roit produire, quand mesme elles seroient du
« Roy, nous disons qu'elles ont esté obtenues soulz
« faux donner à entendre et qu'elles sont obreptices
« et subreptices. Et partant, de l'impétration d'i-
« celles nous en appellons au Roy et par devant
« qui il appartiendra. Car si ce sont lettres de quel-
« que autre qui soulz couleur du Roy et soulz le
« sceau d'iceluy se soyt voulu ingérer à mander
« qu'on procédast contre nous, nosdicts seigneurs
« de Berne n'en ont à faire d'autant qu'ilz [1]........
« au Roy tant seulement de la bouche duquel ils
« ont tous jours eu bonne responce pour nous. Et
« quand on procèdera contre nous, lesdicts sei-
« gneurs n'y seront pas seulement offenséz,
« mais aussy plusieurs aultres des Suysses aux-
« quels le Roy a tousjours faict bonne responce

---

[1] Mot illisible.

« pour nostre delivrance. Mesmement dernière-
« ment quand l'ambassadeur estoit à sa court que
« Monsr le coronal des Suysses qui est du canton
« de Basle et plusieurs aultres capitaynes avec luy
« parlerent au Roy pour nous qui à leur requeste
« commanda que fussions délivréz. Parquoy toutes
« les procédures qu'on tasche de faire contre nous
« se font contre le vouloir du Roy lequel estant
« adverty ne le trouvera jamais bon, ains punissa-
« ble. Veu mesmement que sans son sceu les allian-
« ces qui sont entre luy et lesdicts seigneurs de
« Berne sont enfraintes et rompues par ce moyen,
« d'autant que sommes subjects, quoy qu'on dise
« au contraire, des seigneurs de Berne, habitans en
« leurs terres, sans avoyr délibéré de jamais habi-
« ter en aultre part. Lesquels seigneurs qui sont
« desjà suffisamment advertis de tout ce qu'on fait
« injustement contre nous ne laisseront passer cecy
« en ceste sorte qu'ils n'en advertissent le Roy par
« devant lequel ils poursuivront jusques à ce que
« leur droict leur soyt rendu. Parquoy persistons
« tant de nostre appel comme de juges ou juges
« incompétans que de l'ottroy, impétration ou exé-
« cution de toutes lettres qui pourroyent avoir esté
« obtenues et de tout ce qui s'en serait ensuyvi
« comme ottroyées et obtenues contre les confé-
« dérations entre le Roy et nosdicts seigneurs de
« Berne et qui plus est contre son vouloir exprès

« pour salaire compétant et prenons tous les assis-
« tans pour tesmoings. »

Pierre NAVIHÈRES.   Charles FAURE.
Pierre ESCRIVAIN.   Martial ALBA.
Bernard SEGUIN.

Ces requêtes nous prouvent l'irrésolution du roi ; peut-être que par lui-même il inclinait à la modération ; il tenait encore plus sans doute à ne pas déplaire aux Suisses, mais une âme sans principe est sans force contre le mal. Ses décisions flottent au gré des influences extérieures, d'autant plus efficaces qu'elles flattent les côtés faibles du cœur. Henri II n'écouta que les politiques à courte vue et comme Hérode céda aux mauvais conseils.

Berne, chaque jour plus inquiète, ne se décourageait point dans ses démarches. En son nom Jacques Ramsperger, qui avait défendu à Paris la cause des étudiants, protestait énergiquement à Lyon devant les juges. De son côté Lyner, infatigable dans son dévouement, se rendait à Paris pour y tenter un dernier effort. Les étudiants connaissant son intention et n'attendant pas de grands résultats de son voyage, lui écrivirent une lettre qui, dans leur pensée, était une lettre d'adieu, et où nous voyons de nouveau avec quel soin ils tâchaient d'éloigner le danger de ceux qui se compromettaient pour leur délivrance.

« A nostre tres honoré Seigneur et entier amy
   « le Sire Jean Liner à Sainct Gal.

« La grâce et paix de Dieu soit à jamais avec
« vous.

« Vostre bon Seigneur et entier amy. Si la ma-
« lice de nos adversaires n'estoit si grande qu'iceux
« ne se contentent pas seulement de fascher un ou
« deux de ceux qui leur sont contraires, mais font
« tous leurs efforts de molester autant qu'ils en
« peuvent trouver, il n'eust pas esté besoing que
« vous eussions escript la présente, mais pour au-
« tant qu'avons esté advertis qu'entre ceux qui
« nous ont fait plaisir par deça il y en a un lequel
« les adversaires ont grandement pour suspect, et
« pourtant comme il ne faut doubter le voudroient
« desjà avoir prins en leurs laqs, et mesme qu'ice-
« luy craint d'en estre fasché ainsi qu'avons en-
« tendu, nous vous avons voulu escrire un mot
« pour vous advertir que par un moyen iceluy
« pourra estre deschargé de ce pour raison de
« quoy on lui voudroit faire fascherie. Et pour
« vous donner à entendre le tout plus clairement,
« sçachez qu'il a esté sceu en parlement qu'un bon
« personnage de deça nommé le Syre Simon de
« Fer avoit adressé nostre paquet de toutes nos
« mémoires à nostre procureur à Paris. De quoy
« iceluy estant adverti craint que ceux qui dès
« longtemps luy portent envie, non pour autre

« raison que d'autant qu'il tasche de vivre, autant
« qu'en luy est, selon Dieu, ne luy facent quelque
« ennuy; laquelle chose après que nous eusmes
« entendu, nous pensasmes en nous mesmes qu'il
« pourroit estre délivré de tout dangier quant
« à celà, moyenent qu'il dist, s'il en estoit inter-
« rogé, que d'autant que vous avez demeuré long
« temps de par deçà et qu'avez cognoissance à luy,
« comme marchans ont accoustumé de s'entreco-
« gnoistre mesmement quand ils demeurent en
« mesme ville, vous lui baillastes notre susdict pa-
« quet et mémoires pour les faire tenir en dili-
« gence à Paris à nostre procureur, pour ce qu'il
« avoit plus grand moyen de ce faire que non pas
« vous, sans touteffois qu'il sceut ce qui estoit es-
« timé auxdicts mémoires ny pour qui c'estoit. De
« laquelle response nous estimons que vous n'en
« serez aucunement marry. Car puisqu'il vous a
« pleu pour l'amour de Dieu prendre charge de
« nous et faire office de père envers nous, et
« mesme que cela est tout notoire par deçà, vous
« serez aussi bien receu touchant la susdicte res-
« ponse comme touchant les autres choses. Par
« ainsi, s'il vous plaist, si estant arrivé de par deçà
« on vous interroguait de cela, vous accorderez à
« la response que ce bon personnage pourroit faire
« pour estre délivré de péril quant à cela. Vous
« sçavez assez combien il est recommandé de Dieu
« de préserver de tout nostre pouvoir les inno-

« cents de l'injure des iniques et pervers. A ceste
« cause, monseigneur, pourveu qu'il ne vous des-
« plaise, nous vous prions faire ce que nous vous
« mandons : Quant à nostre affaire nous ne vous en
« escrivons rien, pour ce que ces bons Seigneurs
« le Syre Jacques Ramsperg et le Syre Nicolas qui
« ont travaillé pour nous avec si grande diligence,
« comme si ce eust esté pour eux mesmes, vous
« pourront mieux advertir du tout par parolle que
« nous ne sçaurons faire par letre. Pour le moins
« ce sera un grand miracle de Dieu, si nous sommes
« encore en vie à vostre retour de par deça. Quoy
« que ce soit, considérant la rage de nos ennemys
« laquelle s'augmente de jour en jour, nous nous
« préparons plus à la mort qu'à la vie, laquelle
« mort nous espérons de recevoir en gré quand il
« plaira à Dieu la nous envoyer, moyennant les
« bonnes prières de tant de nos frères qui sont en
« angoisse pour nous, moyennant aussi les vostres
« et de toute l'Eglise qui est en vostre ville aux-
« quelles tres affectueusement nous recomman-
« dons, comme vous tous l'estes aussi aux nostres.
« Nous vous prions aussi nous recommander hum-
« blement à vostre bonne partie [1] et à voz tantes
« et à tous messieurs voz maistres, bref à tous les
« frères et sœurs qui sont en vostre ville et qui
« sentent nostre affliction. Pour faire fin, puisque
« selon le monde nous n'avons aucune ou pour le

[1] Epouse.

« moins bien petite espérance de vivre, nous pour
« vous dire le dernier adieu et prendre congé de
« vous, vous remercions autant qu'il nous est pos-
« sible des grands bénéfices et assistance plus que
« paternelle qu'il vous a pleu nous faire sans que
« l'eussions jamais envers vous en rien déservy, et
« prions nostre Dieu qu'il vous récompense abon-
« damment du tout, puisqu'il n'est nullement en
« nostre puissance, ny ne seroit jamais quand
« mesme nous vivrions longuement. Ce qu'il fera
« aussi ainsi qu'il l'a promys par sa parolle. Pour
« la dernière parolle que nous voulons dire, c'est
« que nous vous prions considérer diligemment
« les grandes grâces que Dieu vous a faites pour
« l'en remercier et vivre toujours selon la crainte
« d'iceluy, comme aussi nous nous confions que
« Dieu vous en fera la grâce et en ce faisant Dieu
« fera prospérer tous voz labeurs, ensorte qu'en
« tout ce que ferez, le sainct nom d'iceluy sera
« glorifié. Sur ce le prions qu'il luy plaise vous
« tenir à jamais en sa saincte protection, et sauve-
« garde, et vous faire vivre tellement tout le
« temps et cours de vostre vie que finalement et
« vous et nous puissions estre receus en son
« royaume céleste. Des prisons royalles de Lion.
« Le XI Mars 1553.

« Voz très humbles serviteurs et très chers frères
« en Jésus Christ captifs des longtemps pour la
« confession du nom d'iceluy et prochains d'en-

« durer la mort si par miracle évident de Dieu et
« contre toute espérance des hommes ne sommes
« délivrez. »

Marcial ALBA.   Pierre NAVIHERES.
Loys CORBEIL.   Bernard SEGUIN.
Pierre ESCRIVAIN.   Charles FAURE.

Berne renouvelait ses instances, elle envoya par
un héraut à Paris la requête suivante datée du
18 mars :

« Au Roy très chrestien.

« Sire, à vostre Royalle Majesté très affectueuse-
« ment nous recommandons. Sire, combien nous
« trouvons très honteux de sy souvent vostre Ma-
« jesté importuner, molester et fascher pour la
« délivrance des six escoliers, détenus en voz pri-
« sons à Lyon, sy prenons hardiesse et audace de
« faire encore par les présentes tres humble re-
« queste, oultre noz dernières letres datées XV
« de ce présent moys lesquelles avons envoyées à
« vostre ambassadeur le Seigneur de Bassefontaine,
« le priant les vous faire tenir par la première
« poste. Et sur ce vostre Majesté très humblement
« et affectueusement prions que vostre bon plaisir
« et vouloir soyt en considération de voz benignes
« responses à nous paravant données touchant la
« délivrance desdicts six escoliers à nous accordée
« et que longtemps y a l'ayez commandé de faire

« à vostre lieutenant général audict Lyon ce que
« n'aurait faict; aussi en contemplation de la par-
« faite amitié que vous pourtons et de la bonne
« affection qu'avons à vostre Majesté, faire tous
« plaisirs et services à nous possibles, l'occasion
« s'offrant, de nous octroyer lettres telles que pour
« la délivrance de nosdicts escolliers n'ayons plus
« occasion d'importuner vostre Majesté car quel-
« que chose que l'on vous aye peu donner à en-
« tendre aussi à vostre Parlement à Parys ou
« aultres, ils n'ont faict en vos pays esmotion ne
« tumulte populaire ne délibéré de faire, ne dog-
« matizé en sorte que soit, ne faict aulcune chose
« contre vous. Lesdicts aussi ne sont esté prebstres
« ne religieulx, comme par leur procès il apert.
« Et qu'ils sont esté prins en passant par vostre
« pays audict Lyon avant y avoir séjourné ung jour
« entier, ce que toutelloys à eulx et à nos soubjects
« en considération des traictez entre vostre Ma-
« jesté et nous dressez est permis et ne vous des-
« plaira sy aulcungs d'eulx sont natifs de vostre
« pays, car journellement des nostres se font habi-
« tans de vostre Royaulme, ce qui par le semblable
« ès vostres ne doibt estre reffusé. Vostre plaisir
« aussi soit de considérer que lesdicts escolliers
« ont estudié à nos despens en nostre ville de Lau-
« sanne, en laquelle avons dressé ung collége des
« trois langues à l'imitation du collège par
« feu de bonne mémoire vostre père dirigé. Et

« si à vostre Majesté ne plait de les faire mettre en
« pristine liberté ains que sentence, adjudication
« et contempnation de leurs vies soit faicte, vostre
« Majesté très humblement prions et requérons les
« nous donner en pur royal, gratuit et libéral don
« lequel tiendrons et recepvrons si grand et pré-
« cieulx comme sy vostre Majesté nous eust faict
« présent d'inestimable somme d'or et d'argent.
« Et nous obligerez à tout jamais à le recognoistre
« et déservir, Dieu aydant, auquel prions vous
« donner l'accomplissement de voz bons désirs;
« vostre benigne responce par présent nostre hé-
« rauld à ce expressément envoyé désirant. Dat.
« 18 Martii 1553.

« L'advoyer et conseil de Berne. »

Les prisonniers avaient trouvé dans d'autres négociants saint-gallois, les MM. Zollikofer, un appui
que l'absence de Lyner rendait bien nécessaire.
Calvin, qui avait suivi tout ce procès avec émo-
tion, leur mande dans une lettre datée de Lausanne
quelques détails sur la marche de l'affaire. Malgré
l'opposition violente que le parti libertin suscitait
contre lui, et qui semblait devoir absorber ses forces, le grand réformateur trouvait encore le temps
d'entretenir avec les étudiants une correspondance
étendue que Crespin a précieusement recueillie.
Nous ne trouvons à St-Gall que ce billet-ci :

« A nos bons frères et amis les frères Christofle

« et Thomas Zollicofres, marchands de Sainct Gall
« demeurant à Lyon. Pardonnez à l'erreur des
« noms et à la haste.

« Très chers Messieurs et frères. Je vous escris
« la présente fort en haste et ne faisant que d'arri-
« ver en la ville de Lausanne. La cause est que
« Messieurs de Berne escrivent au Roy lettres si
« affectueuses, que si jamais ils doivent rien impé-
« trer de lui, nous espérons qu'il n'y fauldra plus
« retourner. Or les prisonniers ont mandé que
« pour les despens du voyage on s'adressast à
« vous. Nous vous prions doncques d'adviser et
« conclure en diligence ce qui sera de faire. Si vous
« avez encore messager plus propre à envoyer en
« Cour, nous vous prions de luy rembourser les
« frais de Berne et Lyon. Si vous estes d'advis qu'il
« passe oultre, qu'il vous plaise donner ordre qu'on
« luy fournisse argent sans qu'il soit retardé. Dieu
« par sa bonté infinie vueille faire profiter la dé-
« pense, comme nous espérons. Et me suis adressé
« privément vers vous, suivant ce qu'ils ont mandé.
« Et je croy que vous ne prendrez point mal d'es-
« tre employez en cette affaire. Surquoy après
« m'estre recommandé affectueusement à vous, je
« supplie nostre bon Dieu vous avoir en sa saincte
« protection, vous conduire par son Esprit et vous
« faire prospérer. De Lausanne en l'hostelerie,
« le 18 de mars 1553.

« Vostre humble frère et entier amy
« Jehan CALVIN.

« Vous pourrez voir les dernières deux lettres
« que Messieurs de Berne ont escrit. Il seroit quasi
« à désirer que les premières en date du 15 de
« Mars eussent esté retenues. Mais c'en est faict. Le
« remède en est bon en ce que les dernières sont
« aussi pleines qu'on les sçauroit souhaitter. Ayant
« veu le tout, nous vous prions le faire tenir aux-
« dicts prisonniers. Nostre frère Maistre Pierre Viret
« se recommande de bon cœur à vous. »

La position des étudiants devenait toujours plus
critique. Ils écrivirent encore à Lyner, alors à Paris, une lettre, la dernière que nous ayons à recueillir de celles qu'ils signèrent collectivement :

« Nostre bon frère et amy, combien que nous ne
« doubtons aucunement que vous n'ayez nostre
« cause assez pour recommandée et que ne faciez
« pour nostre délivrance la plus grande diligence
« qu'il vous est possible : touteffoys, nous vous
« avons voulu escrire la présente afin de vous ad-
« vertir combien il est nécessaire que vous faciez
« grande poursuite pour savoir la response du Roy
« qu'il vous fera de sa propre bouche et que sui-
« vant icelle, si elle est bonne, mettrez peine de
« vous faire bientost despescher letres patentes
« pour nostre eslargissement. Car despuis que vous
« partistes de Lion la rage de nos ennemys s'est
« tellement augmentée, que desjà despuis long-

« temps nous eussions esté mis à mort si Dieu ne
« les eust empesché, pource que nostre partie ad-
« verse (asçavoir le Cardinal de Tournon), après
« avoir entendu que vous estiez allé par devers le
« Roy ayant letres à iceluy de nos très honorés
« princes de Berne pour obtenir nostre délivrance
« et qu'aviez desjà eu bonne response du Roy sur
« icelles, tellement qu'il ne restoit sinon que vous
« eussiez la despesche des letres patentes, a sus-
« cité et suscite tous les jours plusieurs gens pour
« solliciter les juges à l'encontre de nous pour jetter
« sentence de mort contre nous pendant que vous
« serez à la Court pour avoir la despesche des letres
« et nous faire tous ensemble mourir en bref. A
« ceste cause nous vous prions qu'il vous plaise
« user de la plus grande diligence qu'il vous sera
« possible pour après avoir eu la response de la
« bouche du Roy et non d'autre, vous faire despes-
« cher suivant icelle, si elle est bonne, letres pa-
« tentes scellées du grand sceau de la chancellerie
« adressantes à Messieurs le lieutenant et Conseil-
« lers tenans le siége présidial pour le Roy à Lion,
« pour nostre délivrance. Car il y a grand danger,
« que si vous demeurez guère, nos ennemys selon
« la grande rage qu'ils ont contre nous, ne s'effor-
« cent par un moyen ou par un autre de nous
« mettre à mort, s'ils peuvent. Parquoy, si vous
« avez bonne response du Roy et qu'on vous re-
« tarde de despescher letres patentes, ne craignez

« de vous présenter devant le Roy souvent, jusqu'à
« ce que lesdictes letres vous soyent expédiées,
« luy remontrant et luy donnant à entendre com-
« ment nos ennemys ne taschent de jour en jour
« qu'à nous faire mourir. Faites pareillement dili-
« gence, s'il vous plaist, d'avoir responce de l'autre
« petite letre que nos très honorés Seigneurs de
« Berne ont par vous escrit au Roy particulière-
« ment pour celuy-là qui est bourgeoys de Genève
« et aussi de Messieurs de Berne, nommé Pierre
« Bergier qui est prisonnier en mesmes prisons
« que nous et que si letres patentes vous sont ex-
« pédiées pour nostre délivrance qu'il soit com-
« prins en icelles aussi bien que nous. Nous vous
« recommandons le tout, vous priant que vous y
« travailliez comme si c'éloit pour vous mesmes.
« Et s'il plaist à Dieu vous amener avec bonnes
« nouvelles, non seulement vostre diligence sera
« de très bon cueur recogneue de nos magnifiques
« Seigneurs de Berne, mais aussi amplement ré-
« compensée, tellement qu'on ne se montrera
« point ingrat envers vous. Cependant si vous avez
« encore à demeurer guères à la Court, avant que
« puissiez avoir vostre despesche, advertissez-nous,
« s'il vous plaist, par la poste de ce qu'aurez faict
« jusques icy et adressez vos letres aux Seigneurs
« Salicoffres ¹, marchans se tenans près du grand

---

¹ Zollikoffer.

« palais en ceste ville, en la maison du sieur
« Jacques Valoys. De nostre part, nous ferons tou-
« jours nostre devoir de prier Dieu pour vous afin
« qu'il vous ramene en bref sain et sauf de par deça
« et qu'il fasse profiter vostre voyage à son hon-
« neur et gloire et à nostre consolation et solage-
« ment. Sur ce ferons fin, après nous estre humble-
« ment recommandez à vostre bonne grâce, priant
« nostre Dieu qu'il soit à jamais vostre protection
« et sauvegarde. A Lion, des prisons du Roy, le
« second jour d'Apvril 1553.

« Vos humbles serviteurs et très chers frères les
« six escholiers des princes de Berne, prisonniers
« et prochains de la mort. »

Le drame approche de son dénouement. Les négociants saint-gallois établis à Lyon, dont plusieurs
avaient reçu de Berne la commission de prendre
soin des prisonniers, présentèrent aux juges une
dernière et courageuse protestation [1] qui n'aboutit
à aucun résultat pour les cinq étudiants originai-
res de France. Quant à Loys Corbeil, qui était né
sujet de Berne, la qualité d'étranger fut admise,
elle ne le fut pas pour ses compagnons qui mon-
trèrent jusqu'à la fin le même calme, le même ou-
bli d'eux-mêmes, la même recherche de la gloire
de Dieu que nous avons eu si souvent l'occasion

---

[1] Une copie de ce document est à St-Gall, malheureusement
sans les signatures qu'il eût été si intéressant de connaître.

de remarquer dans le cours de ce douloureux procès. Pierre Escrivain voyant la mort s'approcher, met ordre à ses affaires; ses affaires sont le salut des âmes et la confession du nom de Dieu. La lettre suivante adressée à Jean Lyner, revenu de Paris, nous montre avec quelle fermeté le noble champion de la vérité tenait encore la plume huit jours avant son supplice.

« A mon très honoré Seigneur, Sire Jehan Liner.

« Grâce et paix par Jésus-Christ, nostre Seigneur
« vous soit multipliée éternellement. Ainsi soit-il.
« Très honoré Seigneur, après m'estre recom-
« mandé à vostre bonne grâce, j'ay entendu par
« le Sire Arthus que vous avez retiré noz livres et
« papierz en vostre logis. Or entre lesditz papierz
« et escritz ma confession et responses y sont escri-
« tes de telle mesme letre que ceste présente, les-
« quelles j'ay faites tant pour la consolation et
« instruction de mes parens qui ont desjà la co-
« gnoissance de la parolle de Dieu et principale-
« ment ma mère que pour l'édification et consola-
« tion de toute l'Eglise de nostre Seigneur, afin
« que tous entendent la cause pour laquelle nous
« souffrons et endurons par les ennemys de la foy.
« Car voyant lesdites responses et confession, l'on
« pourra cognoistre plus clairement l'équité de
« nostre cause et nostre ignoscence, et au con-

« traire l'on verra aussi la cause de noz ennemys
« injuste et répugnante dutout à la parolle de Dieu
« et aussi le grand tort qu'ilz nous font de nous
« poursuivre si cruellement à la mort, brief l'on
« verra par lesdites responses et confession la pa-
« rolle de Dieu victorieuse contre la doctrine de
« l'Anthe Christ, laquelle a esté abattue et confon-
« due par la force de vérité, tellement que les faux
« prophètes n'y ont peu résister aucunement, ains
« maugré leurs dents ont eu la bouche close qui
« est certes une chose admirable et une œuvre de
« Dieu et non des hommes, de quoy nous le deb-
« vons rendre grâces et le louer éternellement.
« Parquoy, très honoré Seigneur, je vous prie très
« humblement de m'envoyer (s'il vous plaist) au-
« jourd'hui ou demain les dictes responses et con-
« fession par le même Arthus pour y emmender
« quelques sentences imparfaites, car ces jours
« passez l'on m'a escrit de là haut que je leur en-
« voyasse s'il estoit possible veu qu'il n'y a per-
« sonne encore qui en ait eu aucun double. Vous
« trouverez le tout en un sac de peaux noires. Ce-
« pendant vous plaira me pardonner si je vous im-
« portune trop plus qu'il ne serait besoing me re-
« commandant tousjours à vostre bonne grâce et
« aussi de tous voz maistres nos trez honorez Sei-
« gneurs, priant ce bon Dieu de vous rendre le
« bien et assistance que vous avez fait en nostre
« captivité et faites encore journellement et la

« bonne affection et charité que vous montrez au
« nom de nostre Seigneur Jésus Christ. Ainsi soit-il.
« Du lieu de captivité, ce 7 de May.

    « Vostre humble serviteur prisonnier pour la
« parolle de Dieu.

                  « Pierre ESCRIVAIN.

    « Saluez tous les frères en nostre Seigneur. Tous
« les frères qui sont avec moy vous saluent et aussi
« à tous ceux qui ayment nostre Seigneur priant
« tousjours pour vous tous ainsi que vous faites
« pour nous.

    « Ces dictes responses et confession sont in
« quarto faites comme un livre non pas qu'elles
« soient cousues. »

    La mort avait perdu son aiguillon pour les étu-
diants ; elle n'était pour eux qu'une prise de possession d'un royaume dont l'espérance les réjouis-
sait dans leur sombre cachot. « Le temps ne m'est
« point long aux prisons, dit Navihères, encore
« qu'un an entier soit déjà écoulé entre les fers,
« ceps et liens. Les fosses et lieux obscurs me sont
« plus délectables que les salles tapissées ; le son
« des clefs du geôlier me plait plus que le son du
« tambourin, du lut et de la musique lubrique ac-
« coutumée entre les grands seigneurs et communs
« populaires. »[1] « Enfin, dit Crespin, le seizième de

[1] Dans Crespin.

6

« Mai leur apporta la délivrance après laquelle ils
« soupiraient depuis si longtemps. Ce fut le jour
« bienheureux auquel, après toute une année d'em-
« prisonnement et de souffrances, ils reçurent du
« Seigneur la couronne de justice qui leur était
« réservée.

« Vers les neuf heures du matin, ils furent menés
« au parquet de Roanne pour y recevoir leur sen-
« tence de mort. Elle portait en somme qu'ils se-
« raient menés au lieu des Terreaux et là brûlés
« vifs jusqu'à consomption entière de leurs corps
« par le feu. Au sortir du parquet, on les conduisit
« au lieu où l'on fait retirer les criminels, après
« qu'ils ont reçu leur sentence, en attendant le
« temps d'une ou deux heures après midi. Alors
« les martyrs se mirent tous les cinq à prier Dieu
« avec une grande ardeur et véhémence d'esprit,
« emerveillable à ceux qui les regardaient ; et bien-
« tôt après ils commencèrent à se réjouir au Sei-
« gneur et à lui chanter des Psaumes.

« Quand les deux heures approchèrent, on les
« fit sortir revêtus de leurs robes grises et liés de
« cordes ; ils s'exhortaient l'un l'autre à persévérer
« constamment, puisque la fin de leur course était
« au poteau prochain, et puisque la victoire était là
« toute certaine. — On les mit donc sur une char-
« rette. Alors ils commencèrent à chanter le
« psaume IX.

De tout mon cœur t'exalterai,
Seigneur et si raconterai
Toutes les œuvres non pareilles,
Qui sont dignes de grand's merveilles.

. . . .

Et Dieu la retraite sera
Du pauvre qu'on pourchassera,
Voire sa retraite et adresse
Au plus dur temps de la détresse.

« Et bien qu'on ne leur donna pas le loisir d'ache-
« ver, cependant ils ne cessèrent pas d'invoquer
« Dieu et de prononcer des sentences de l'Ecriture.
« Entre autres, comme ils traversaient la place de
« *l'Herberie*, au bout du pont de la Saône, l'un d'eux
« se tournant vers la foule, dit à haute voix : *Que*
« *le Dieu de paix qui a ramené des morts le grand*
« *pasteur des brebis, notre Seigneur J. C. par le sang*
« *du Testament éternel, vous confirme en toute bonne*
« *œuvre pour faire sa volonté !* Alors ils commencè-
« rent le *Symbole des Apôtres*, le divisant par arti-
« cles, qu'ils récitaient chacun l'un après l'autre.—
« Celui qui eut à prononcer ces mots : *Il a été conçu*
« *du St-Esprit; il est né de la vierge Marie*, haussa
« sa voix, afin de donner à connaître au peuple la
« calomnie par laquelle on prétendait qu'ils niaient
« cet article, et qu'ils avaient médit de la vierge
« Marie. — Ils répondirent par deux fois aux ser-
« gents et aux satellites, qui souvent les trou-
« blaient et qui les menaçaient pour les faire taire :
« Nous empêcherez-vous, si peu que nous avons à
» vivre, de louer et d'invoquer notre Dieu?

« Enfin, lorsqu'ils furent arrivés au lieu du sup-
« plice, on les vit monter d'un cœur allégre sur le
« monceau de bois qui était à l'entour du poteau.
« —Les deux plus jeunes d'entre eux y montèrent
« les premiers l'un après l'autre ; et lorsqu'ils eu-
« rent dépouillé leurs robes, le bourreau vint les
« attacher au poteau. — Le dernier qui monta fut
« Martial Alba, le plus âgé des cinq. Il avait été
« longtemps à deux genoux sur le bois, priant le
« Seigneur. Lorsque le bourreau, qui venait d'atta-
« cher les autres, le vint prendre pendant qu'il
« était encore à deux genoux, il le souleva par des-
« sous les bras pour le descendre avec les autres ;
« mais alors Alba demanda instamment au lieute-
« nant Tignac de lui acorder une faveur. — Que
« veux-tu ? lui dit le lieutenant. — Que je puisse
« baiser mes frères devant que de mourir. Le lieu-
« tenant le lui accorda ; alors Martial qui était en-
« core au-dessus du bois, se baissa et baisa ses
« quatre frères, lesquels étaient déjà liés et atta-
« chés. Il leur dit à chacun : *Adieu, adieu, mon frère!*
« — Alors les autres quatre, bien qu'attachés,
« s'entrebaisèrent aussi, en retournant le cou et
« se disant l'un à l'autre les mêmes paroles : *Adieu,*
« *mon frère!* Cela fait, et après que Martial eut
« recommandé ses frères à Dieu, il voulut, avant
« que de descendre et de se faire attacher, baiser
« aussi le bourreau en lui disant ces paroles : *Mon*
« *ami, n'oublie pas ce que je t'ai dit.* Celui-ci, quand

« il les eut liés tous les cinq, les ceignit d'une
« chaîne qui faisait le tour du poteau. Alors le
« bourreau ayant reçu des juges l'ordre de hâter
« l'exécution, leur mit à chacun une corde au cou
« pour les étrangler tous cinq à la fois au moyen
« d'une machine qu'il avait préparée à cet effet ;
« mais le feu ayant brûlé les cordes, on les enten-
« dit encore au milieu du feu s'exhorter les uns
« les autres par cette parole : *Courage, mes frères,*
« *courage.* Ce furent les dernières paroles que l'on
« put entendre. »

Pierre Bergier, enveloppé dans la même accusa-
tion que les étudiants, avait eu un procès distinct,
ce qui se comprend puisqu'il se trouvait dans
des conditions de nationalité quelque peu diffé-
rentes. Il n'en fut pas moins l'objet d'un vif intérêt
de la part de Lyner et des négociants saint-gallois,
qui ne purent cependant l'arracher aux flammes.
Quelques jours au plus avant son supplice, il envoya encore à Lyner cette lettre :

« Mon bon Seigneur et amy. Nous louons et re-
« mercions grandement nostre bon Dieu et Père
« céleste qu'il nous fait la grâce que d'autant que
« les afflictions qu'endurons pour Christ habondent
« en nous, d'autant aussi habondent en nous da-
« vantage les consolations divines et spirituelles.
« Car combien que vendredi dernier à heure de

6.

« disner me fut dit que le samedy debvois finir ma
« vie et mesme que ledit vendredi au soir prinse
« chemise blanche attendant pour certain d'aller le
« lendemain à la mort, Dieu touteffoys m'a fait la
« grâce que pour tout cela n'ay en rien perdu cou-
« rage, mais plus tost l'ay prins plus grand que
« n'avois fait auparavant. Dont je suis du tout ré-
« solu et bien assuré par cela que si à ceste foys
« mon heure est venue d'aller à Dieu, que certe je
« sentiray voire au plus fort des tormens l'assis-
« tance et ayde de Dieu si grande qu'un chascun
« aura matière de l'en glorifier. Et certe Dieu sçait
« qu'en moi-mesme ay esté contristé que la chose
« ne fut hier faite ainsi qu'on me l'avait dit. Tou-
« teffoys puisque nous sommes bien assurez que
« l'œil du Seigneur et la providence divine est
« tellement sur nous que rien ne nous adviendra
« et rien ne sera fait de nous que Dieu ne le per-
« mette, et crois qu'encore m'a réservé, pour quel-
« que temps, ou pour quelle cause et raison luy
« seul le sçait et cognoist. Cependant pour autant,
« monseigneur, que ce jourd'huy matin quelqu'un
« m'a dit qu'encore qu'il ait esté quelque bruit de
« ce que vous ay escrit cy dessus, que touteffoys
« à la vérité on n'en sçavoit rien et mesme qu'à
« peine se trouvoit nombre de conseillers suffisant
« qui voulussent signer à ma mort, craignant puis
« qu'autreffoys le Roy avoit accordé mon relasche
« que puis après ne leur en advint quelque chose,

« pour ceste cause moy considérant la grande cha-
« rité et dilection qu'avez démonstrée en solici-
« tant l'affaire de nos frères les escholiers de Mes-
« sieurs de Berne, j'ay prins hardiesse de vous faire
« escrire la présente vous suppliant par celle s'il
« vous sembloit bon et aussi qu'eussiez loisir, de
« vouloir faire quelque propos au lieutenant de ce
« mien affaire luy proposant comment il n'est pas
« ignorant que pour moy a receu letres du Roy,
« qui n'entent point qu'on me fasse mourir, ains
« attendu et considéré que suis bourgeois de Ge-
« nève et combourgeois de Berne et qu'en rien qui
« soit, je n'ay offensé la majesté royalle ni ses éditz,
« qu'il entent que soye renvoyé, que s'il est ques-
« tion qu'aucuns se sentent offensés de moi pour
« avoir rendu raison de ma foy, il y a aultres pu-
« nitions que de me faire mourir. Voilà, Monsei-
« gneur et amy, de quoy vous vouldrois prier pour
« l'honneur de Dieu laissant toutes foys le tout à
« vostre bonne discrétion pour en faire selon qu'il
« vous plaira, car quant à moy je ne vous vouldroys
« point fascher et aussy je ne prétens point par cecy
« répugnier à la volonté de Dieu, mais pource que
« quand Dieu nous présente quelques moyens,
« nous ne les debvons point mespriser, voylà pour-
« quoy j'ay bien osé vous mander la présente, vous
« priant prendre le tout en la bonne part. Surquoy,
« mon bon seigneur et amy, ayant prié nostre
« Dieu que de jour en jour vous fasse proffiter en

« sa saincte cognoissance, à vostre bonne grâce me
« recommande. Autant en font mes deux compa-
« gnons sans oublier le frère Joseph. Ce jour de
« Penthecoste au matin.

    « Vostre humble serviteur et entier amy

        « Pierre BERGIER, bourgeois de Genève et

         « combourgeois de Berne. »

Peu d'instants après avoir écrit ces lignes, Pierre
Bergier fut tiré de prison pour être conduit au supplice. « Oncques la face ne lui fut si riante et
« joyeuse qu'alors de manière que ceux qui le vi-
« rent sortir s'en émerveillaient.... Or après qu'il
« fut sur la charrette, à haute voix il demanda par-
« don, et si pardonna à tous. Au long du chemin
« disait adieu à chacun d'une face joyeuse, deman-
« dant qu'on priât Dieu pour lui. Il y eut entre au-
« tres un vieux prêtre italien qui lui dit en passant
« en paroles semblables : *Aujourd'hui en enfer sera
« ta demeure.* A cette voix, Pierre retournant sa
« face lui dit : *Dieu le vous veuille pardonner.* Etant
« venu au lieu des Terreaux, il dit à haute voix :
« *O que la moisson est grande, Seigneur envoie de
« bons moissonneurs.* Etant monté sur le bois, après
« avoir fait déclaration de la cause qu'il soutenait
« et la confession de sa foi, comme s'égayant avec
« exclamation, dit à haute voix : *Seigneur, que ton
« nom est gracieux et doux!* Ce fait, tandis que le
« bourreau l'attachoit et guindoit à la façon des

« autres martyrs, il dit et réitéra par diverses fois :
« *Seigneur, je te recommande mon âme.* Depuis, en
« regardant au ciel d'une vue immobile et s'é-
« criant dit : *Aujourd'hui je vois les cieux ouverts.*
« Plusieurs du peuple n'entendant que c'étoit par-
« foi qu'il les voyoit ouverts, regardoient en haut.
« Et incontinent après ce saint personnage rendit
« l'esprit à Dieu. »

Lyner fut chargé par les Seigneurs de Berne d'ac-
quitter les frais d'entretien des prisonniers ; il recueillit leurs papiers et leurs effets. Jean Alba,
frère de Martial, en envoyant à Lyner de Genève où
il demeurait, un léger présent comme témoignage
de sa reconnaissance, lui réclame les écrits et les
vêtements de son frère défunt.

« A mon bon frère, le sieur Jean Layue, mar-
« chant en Lyon. »

« La grâce et paix du Seigneur nostre bon Dieu
« vous soit par Jésus-Christ son fils nostre Sei-
« gneur et la vertu du Saint-Esprit. Ainsi soit-il. »

« Monseigneur, je pensoys parler à vous à vostre
« retour d'Allemagne, d'autant que n'y avais peu
« parler en alant, mais vous estes passé sans avoir
« esté adverti que m'a donné fascherie en mon es-
« prit, non pour la grande occasion que j'ai de par-
« ler à vous, mais pour savoir des nouvelles de nos
« feu frères. Bien vous vouldrais prier me faire le

« bien si estoit possible de retourner le manteau
« de mon feu frère pour moy qui en ay besoing,
« vous plust vous y employer à le retourner et sa
« confession de foy, laquelle n'ay peu jamais voir
« ni recouvrer pour vous prier au nom de Dieu me
« faire ce bien de vous y employer à la retourner
« et me l'amener par le prochain porteur ou autre-
« ment. Quant aux accoustrements que de vostre
« gré vous plust me retourner du sieur Guillaume
« Layner me deffaut ung pourpoing de toylle et
« ung bonnet, ne sçay si l'on le vous baille ou non...
« et si avez rien forny pour le retournement des-
« dicts accoustrements le vous rendrai quand vous
« plaira. Vous merciant cent mille foys de la peine
« et fascherie avez prinse pour moy et aussi pour
« le soulaigement et assistance de nos feu frères.
« priant nostre bon Dieu de vous rendre cent foys
« au double ce que fera infailliblement à vous et à
« tous autres qui ont montré charité envers eux,
« ainsi qu'il a promis lui mesme, me recomman-
« dant humblement à vos bonnes grâces prie le
« Dieu Tout Puissant vous avoir en gré et augmen-
« ter en vous les dons et grâces de son Saint-Es-
« prit. De Genève, ce dernier jour de Juillet 1553.
« de celuy qui est entièrement vostre humble ser-
« viteur frère et amy à jamais.

                                    « Jean ALBA. »

Quoique Corbeil eût obtenu son acquittement,

le mauvais vouloir des adversaires de la cause qu'il
avait si vaillamment soutenue le retenait encore
captif. Il invite Lyner à faire un dernier effort en
sa faveur :

« A mon bon Seigneur et ami le sieur Jean Liner.

« Monseigneur. La présente est pour vous ad-
« vertir que ceste sepmaine le lieutenant et autres
« conseillers se sont assemblez pour expédier l'af-
« faire des prisonniers criminels pour ce qu'ilz ont
« le coustume de ce faire quand se vient près de la
« feste qu'ilz disent (à l'usage du pape) l'assomp-
« tion nostre Dame. Par ainsi pour l'honneur de
« Dieu (pour la parole duquel j'endure), je supplie
« tres humblement mes bons Seigneurs et amis,
« Messeigneurs vos maistres et vous aussy, qu'il
« vous plaise encore à ce coup avoir compassion
« de mon tant long emprisonnement et selon le loi-
« sir et la commodité que Dieu vous donnera, sol-
« liciter monseigneur le lieutenant. Car sçachez,
« Monseigneur, que quelques 15 jours qu'il ayt de-
« mandé pour me rendre, s'il n'avoit nouvelle et
« response de la court, qu'il fait cela par quelque
« cautele et ne peux autrement penser qu'il ne
« soyt semblable à un juge nommé Fœlix, qui es-
« péroit que St Paul lui donneroit quelque argent,
« comme il est escript vers la fin du 24ᵉ chapitre du
« livre des Actes des Apôtres, et afin qu'entendiez,
« Monseigneur et ami, pourquoy je pense que le

« Lieutenant use de quelque finesse en me remet-
« tant ainsi de jour en jour, c'est que hier, 9e jour
« de ce mois, sur les 5 heures du soir, comme mes-
« seigneurs les conseillers s'en alloient des prisons,
« il entra je ne sais quel Allemant qui venoit voir le
« sire Jacques Hyègre et iceux conseillers deman-
« dans au portier qui estoit celui qui estoit entré,
« respondit que c'estoit un Allemant qui venoit vi-
« siter ledit sire Jacques. Lors l'un desditz conseil-
« lers nommé Monseigneur Tournoyon dit : Celui
« de Berne est-il encore céans? Oui, Monseigneur,
« respondit le portier ; comment, dit ledit seigneur
« conseiller, ne s'est-il pas encore allé ? Sur ce il y
« eut encore un autre conseiller appelé Mons. Ba-
« zaillon qui demanda : De quoy parlez-vous? Lors
« le portier, c'est de l'escholier de Messeigneurs de
« Berne ; comment, dit ce conseiller, n'est-il pas
« sorti. Non, Monseigneur, respondit le portier et
« ne say comment il en va, car encore derechef
« Messeigneurs de Berne l'ont envoyé redemander.
« Cela fait sortirent lesditz conseillers qui estoient
« 4 ou 5 ensemble. Maintenant donc par ceci vous
« pouvez cognoistre qu'autresfoys a este arresté
« de mon renvoy et qu'il y a cautele de la part du
« lieutenant, et pour ce que sabmedy prochain les
« 15 jours qu'il a pris seront passez, je suis certain
« que pour l'amour de Dieu et pour l'honneur de
« Messeigneurs de Berne vous ne laisserez ledit
« lieutenant. Je me déporte de vous escrire davan-

« lage, priant nostre bon Dieu et Père céleste qu'à
« Messeigneurs vos maistres, à vous aussy veuille
« donner l'accomplissement de vos désirs en bonne
« et heureuse vie, me recommandant à la bonne
« grâce de vous tous, vous merciant toujours
« humblement et de tout mon cœur de tant de
« peine qu'avez prise et prenez pour moi, pauvre
« prisonnier. Ce 10 d'aoust, par

          « Vostre obéissant et humble serviteur,

                    « Loys CORBEIL. »

Enfin, le 26 d'août 1553, Corbeil sortit de prison,
il dit adieu aux parents qu'il avait à Lyon et se
rendit à Morges, où Lyner le fit conduire par un
messager et le recueillit dans une maison qui lui
appartenait. C'est ce que semblent indiquer les
deux derniers documents que nous ayons à tran-
scrire :

     « A mon bon seigneur, sieur Jehan Liner,
          « A Sainct Gal.

     « Mon bon seigneur et ami. La présente est pour
« vous advertir que le premier jour de ce mois de
« juillet ayant trouvé Bastien le messager qui par
« votre moyen m'a conduit quand je partis de
« Lyon, j'ay bien voulu par luy vous escrire ce pe-
« tit mot pour vous supplier que quand repasserez
« pour aller à Lion que ne m'obliez. Cependant,
« Monsieur mon père et ami, priant Dieu qu'une

5

« heureuse et longue vie vous maintienne avec vos-
« tre bonne et fidèle patrie, et me recommande à
« vostre bonne grâce. Très hastivement, en vostre
« maison de Morge, le premier de juillet,

     « Vostre humble et obéissant fils de prison,
                     « Loys CORBEIL. »

Le second billet est sans adresse, mais tout indi-
que que Lyner était de retour à Lyon :

     « Salut seul et certain par Jésus-Christ.

     « Monseigneur et bon amy. Suivant les propos
« que dernièrement je vous tins en vostre logis de
« la Croix Blanche, à Rolle, je vous prie qu'il vous
« plaise prendre la peine de donner ce paquet de
« lettres à la fille de ma dame, tante de ma femme,
« laquelle est décédée comme je vous dis et comme
« aussi vous l'avait escrit le sire Joseph. Et vous
« prie, Monseigneur, qu'en rendant mondit paquet
« de lettres à la cousine de ma femme, que lui di-
« siez que s'il lui plaist nous escrire, que seure-
« ment nous ferez tenir ses letres. Cependant priant
« Celui auquel toutes choses sont possibles qu'en
« tous lieux et plus, il soit garde de vous et qu'il
« vous maintienne en bonne prospérité et santé,
« je me recommande très humblement à vostre

« bonné grâce. De vostre maison de Morges, ce 26
« d'Apvril 1555 par

       « L'entièrement vostre humble serviteur
         « et amy à vous redevable et obéissant
         « qu'il vivra   « Loys Corbéil.

  « Ma femme se recommande à vous autant hum-
« blement qu'il luy est possible. Je vous prie aussy,
« Monseigneur, présenter mes humbles rècomman-
« dations au sieur Joseph. »

  Ici se termine notre tâche. Le 300ᵉ anniversaire
de ce martyre ne pouvait mieux être rappelé que
par la publication de cette correspondance, où les
souffrances des témoins du XVIᵉ siècle se rappro-
chent de nous avec tant de vivacité. Si les lettres
recueillies par Crespin donnent aux étudiants une
attitude plus héroïque, celles-ci, en les rendant à
notre atmosphère humaine plus mélangée de sou-
cis et de craintes, ne diminuent rien à leur grandeur, car nous trouvons des deux parts la même
foi, la même résolution, la même persévérance, et
quoique leur souvenir n'ait pas été perpétué dans
l'Eglise comme le fut, par le cantique de Luther[1],

---

[1] *Ein Lied von den zween Mertern Christi zu Brüssel von
den Sophisten von Löwen verbrannt, geschehen am 1 Juli 1525.*
C'est le premier cantique que Luther ait composé ; il se trouve
dans l'*Enchiridion* d'Erfurt. A cette occasion Luther écrivit
aussi aux fidèles des Pays-Bas une lettre de consolation dont une
copie est à la bibliothèque de Gotha.

celui des deux frères consumés sur le bûcher à Bruxelles en 1523, ils n'en sont pas moins dignes de nous édifier par leur foi confirmée pour nous par l'issue de leur vie.

Mais ce n'est pas en vue d'une célébrité humaine que les étudiants de Lausanne marchèrent d'un pas si ferme dans le chemin de l'épreuve ; ils connaissaient une gloire meilleure en vue de laquelle ils avaient de bonne heure affermi leur cœur contre la séduction, en sorte que l'ennemi venant pour les surprendre, dut reculer avec toutes ses forces, car ce n'est pas une victoire que celle qui n'atteint que le corps ; il faut posséder l'âme ; or l'âme est invincible quand elle s'est rendue, par un travail intérieur, inséparable des convictions qui l'animent et qui sont pour elle une réalité plus vivante que tout ce que le monde peut offrir. Dieu nous donne aujourd'hui de telles convictions une foi plus immédiate, plus sûre de son objet ! Alors aussi, bien loin que la mort nous nuise, elle ne fera qu'enlever l'obstacle qui empêche le plein accomplissement des promesses, déchirer le voile qui cache à nos regards ce que nous avons cru et nous introduire dans la société des justes parvenus à la perfection.

CANTIQUE

d'un frère étant prisonnier à Lyon pour la Parole
de Dieu, l'an 1553, étant près de la mort ([1]).

Séché de douleur,
Tout cuit de chaleur,
Seigneur tu me vois ;
Si le veux-je encore,
O Dieu que j'adore,
Louer une fois.

Le corps faible et lent
A la mort se rend,
Mais en cet émoi
L'Esprit plein de force
Tout joyeux s'efforce
De voler à toi.

Je meurs, dit le corps,
L'âme dit : je sors
D'un corps entaché
Qui m'a asservie,
Fi de cette vie
Serve de péché !

Toute doute et peur
Fuyez de mon cœur ;
Grands sont mes forfaits,
Mais la bonté sûre
De mon Dieu m'assure
Qu'il a fait ma paix.

Adieu ces bas lieux,
Je veux être mieux
Terre, prends le corps,
Jusqu'au temps qu'il faille
Que ce que te baille
Ressorte dehors.

Adieu, France, adieu,
Qui êtes le lieu
Qui premièrement
Au monde me vîtes,
Et première ouîtes
Mon gémissement.

([1]) Quoique certains indices empêchent d'attribuer les vers suivants aux cinq jeunes étudiants, nous croyons devoir reproduire ici ce cantique de l'un des martyrs qui subirent à Lyon le dernier supplice la même année et pour la même cause (probablement Pierre Bergier). Il est extrait d'un manuscrit appartenant à la Bibliothèque de Lausanne. Nous corrigeons l'orthographe.

O mon pays doux,
Je meurs loin de vous,
Voire et volontiers
Puisqu'en toi, ô France,
Font leur demeurance
Des saints, meurtriers.

Adieu mes amis
Qui las! êtes mis
Et qu'on peut nommer
Pierres précieuses
Mais toutes bourbeuses
Au fond de la mer.

Adieu région,
Nouvelle Sion
Très-heureuse las!
Pourvu que connosses
Et mieux tu reçusses
Les biens que tu as [1].

Adieu cœurs unis
Des poures bannis
Qui seuls en ce temps
Malgré toute envie
Passez cette vie
Heureux et contents.

Adieu, vrais bergers,
Qui prompts et légers
Veillez nuit et jour,
Que Dieu vous bénie
Si qu'en paix unie
Demeurez toujours.

Je vole devant
Je vois m'élevant,
Mon Dieu, je te vois
Et savez-vous quelles
J'appelle mes ailes
L'espoir de ma foi.

Aussi haut monté
Quand l'œil j'ai jeté
Sur ce monde bas,
Je m'ébahis comme
Pour moins d'une pomme
Tant vient de débats.

Le petit, s'il peut
Atteindre où il veut
Hausse son degré,
Cil qui a chevance
Jamais ne s'avance
Assez à son gré.

Empereurs et rois
Avec leurs arrois
Du monde au travers
Font cruelle guerre
Et pour peu de terre
Troublent l'univers.

Cours et châtelets
Résonnent de plaids
Et cris odieux;
L'un par sa vaillance
Du fer de sa lance
Veut ouvrir les cieux.

[1] Ce verset paraît se rapporter à Genève, alors refuge des protestants français et agité par la faction des libertins.

L'avare marchand
Les mers va cherchant
Que souvent lui font
De son avarice
Très-bonne justice
Le nagent au fond.

Foi et vérité
Le monde ont quitté :
Pape et cardinaux
Ont leur place prise,
O fausse prêtrise
Source de tous maux!

Je vois Mahomet
Qui partout se met;
Et chiens et pourceaux
Plongés en ordure
D'ignorance obscure
Jusques aux museaux.

Et villes et champs
Sont pleins de méchants
Qui s'osent dresser
Encontre Dieu même,
O bonté suprême,
Fais-les renverser

O monde abêti,
O peuple abruti
Qui son mal ne sent !
O terre altérée,
O terre enivrée
Du sang innocent !

Las ! Seigneur tu sais
Que sous un tel faix
De méchanceté,
La machine basse
Comme toute lasse
Crie liberté.

De ce monde tout,
Ton Christ n'a qu'un bout,
Lui, dis-je, qui est
Droit Seigneur et Maître,
Lui qui nous fait être
Tels comme il lui plaît.

Parmi tant d'assauts
Couvre tes troupeaux
De ta forte main,
Déploie ton ire
Renverse l'empire
Du grand loup romain.

Tremblez donc, pervers,
Tombez à l'envers
Dieu, le Dieu vivant
D'une ire altérée
Et tout embrasée
Vous va poursuivant.

Fondez, éléments,
Tremblez, fondements,
Du monde l'appui;
Rochers et montagnes
Et plates campagnes
Branlez devant lui.

O qu'heureux je suis,
Que laisser je puis
Monde malheureux,
O sainte Parole,
Que vers toi je vole,
D'un cœur désireux.

Tenant ces propos
Je sens un repos
Saisir mes esprits
Las ! faut-il revivre
En lieu de poursuivre
Mon vol entrepris ?

O Dieu, si tu veux
Je sais que tu peux
Me tirer d'ici,
Mais si par cette heure
Tu veux que je meure,
Je le veux aussi.

35

AUX MÊMES LIBRAIRIES.

LES GALÉRIENS PROTESTANTS, par Th. Muret. In-12. 60 c.

LES VAUDOIS. Drame historique en cinq actes, par Félix Govean. In-12.   2 fr. 50

HISTOIRE DE HENRI ARNAUD, pasteur et colonel des Vaudois. In-12.   60 c.

HISTOIRE DES RÉFUGIÉS PROTESTANTS DE FRANCE, depuis la révocation de l'Édit de Nantes jusqu'à nos jours par Ch. Weiss. 2 vol. in-12.   7 fr.

GALERIE CHRÉTIENNE ou l'histoire abrégée des vrais témoins de la vérité de l'Évangile. par Jean Crespin. 2 volumes in-8.   10 fr.

HISTOIRE DE L'ÉGLISE DE JÉSUS-CHRIST principalement pendant les siècles du moyen âge, par E. Guers, ministre de l'Évangile. Fort in-8 de 700 pages.   4 fr.

LETTRES DE JEAN HUSS, écrites durant son exil et dans sa prison. In-12.   4 fr. 50.

LE MASSACRE DE VASSY. Récit orné d'une gravure du temps. In-8.   75 c.

LA VIE DU MARQUIS GALEACE CARACCIOLO, mort à Genève, en 1584. In-12.   75 c.

LA BIBLE EN TOSCANE, ou épreuves et persécutions des époux Madiai.   75. c.

PROCÈS ET INCARCÉRATION DU COMTE P. GUICCHIARDINI. In-8 br.   1 fr.

L'INQUISITION A ROME EN 1811, ou iniquités exercées sur Raphael Ciocci.   1 fr. 50

PAPISME ET JÉSUITISME. Lettres de Rome par L. D. S. In-12.   2 fr.

LA NONNE. Épisode d'une vie de Couvent. In-12 br. 3 fr.

HISTOIRE DES PROTESTANTS DE FRANCE, par G. de Félice. Fort in-8.   5 fr.

LES RÉFORMATEURS AVANT LA RÉFORME. Jean Huss devant le concile de Constance par E. de Bonnechose. 2 volumes.   3 fr.

HISTOIRE DE GUY DE BRÈS. In-8 br.   80 c.

www.ingramcontent.com/pod-product-compliance
Lightning Source LLC
Chambersburg PA
CBHW060453260626
47161CB00005B/2087